air

ASTRES ET INFLUENCES

verseau

ELCY EDITIONS

Astres et influences
VERSEAU

Texte : Daniela Capparotto
Maquette : Eleonora Bassi (PEPEVERDE)
Illustrations : Elisabetta Stoinich

ISBN : 978-2-7532-0483-6

Adaptation française : Isabelle Meschi

Imprimé en Italie

SOMMAIRE

QUE DISENT LES ASTRES ? 5

LE VERSEAU : CARACTÉRISTIQUES ESSENTIELLES 7

PSYCHOLOGIE ET PERSONNALITÉ DU VERSEAU 11

L'enfant Verseau 23

L'homme Verseau 25

La femme Verseau 28

Le chat Verseau 31

Le chien Verseau 32

LES CENTRES D'INTÉRÊT, LES HABITUDES ET LES VALEURS DU VERSEAU 33

La maison 39

L'habillement 41

Les voyages 42

Quel cadeau pour le Verseau ? 44

Les goûts culinaires 46

Recette 47

La santé et la beauté 49

Les sports et les loisirs 52

Les études et le travail 53

Le rapport à l'argent 56

LE VERSEAU : VIE PRIVÉE ET VIE SOCIALE 57

La famille et le mariage 61

Épouser un homme Verseau 64

Épouser une femme Verseau 65

L'amitié 66

L'amour et la sexualité 68

L'homme Verseau en amour 73

La femme Verseau en amour 76

Les affinités avec les autres signes 79

LES SIGNES ASCENDANTS DU VERSEAU 95

Comment calculer l'ascendant 100

Les combinaisons signe / ascendant 109

GLOSSAIRE DES TERMES ASTROLOGIQUES 116

QUE DISENT LES ASTRES ?

De tout temps, les êtres humains ont regardé le ciel et ses constellations et ils se sont interrogés sur les étranges coïncidences entre la position des planètes et leurs états d'âme. Si le zodiaque n'était au départ qu'un calendrier, un cercle imaginaire autour de la terre divisé en douze segments correspondant au temps qui passe, bien vite on se mit à observer les mouvements cycliques des étoiles et des planètes et d'autres étranges déplacements. Au Moyen Âge, on crut y voir les formes d'êtres naturels et surnaturels. On en déduisit un lien étroit entre ce qu'il se passait dans le ciel et sur la Terre. Le zodiaque contribue depuis des siècles à fournir une explication aux manifestations naturelles, tant locales qu'universelles, et donc à ce qui arrive à l'être humain.

L'astrologie a évolué pour être aujourd'hui une discipline à la portée de tous, aussi structurée que répandue auprès de chaque groupe ou individu. Elle offre différents outils pour approfondir la connaissance de soi et d'autrui et pour utiliser au mieux les ressources dont dispose l'être humain. C'est dans cette optique que s'inscrit cet ouvrage. Si vous êtes simplement curieux, vous le lirez avec autant de plaisir que d'intérêt.

À la fin de ce livre, un chapitre est consacré aux ascendants. Vous découvrirez comment le calculer, son incidence sur le signe et les particularités qui découlent des interactions entre les 12 ascendants et le signe du zodiaque.

Avant de commencer votre lecture, n'oubliez pas que chaque signe du zodiaque a toujours une équivalence positive et que, par conséquent, la personnalité de chacun, quel que soit son signe, dépend de sa maturité. Si la position des planètes sur la carte du ciel dote chaque individu de prédispositions particulières, il appartient à chacun d'en tirer parti grâce à sa faculté de raisonnement.

NB : *Les dates indiquant le passage du Soleil dans un signe peuvent varier d'un à deux jours selon les années. En cas de doute, référez-vous aux éphémérides (voir le glossaire en fin d'ouvrage) pour connaître votre signe en fonction de votre jour de naissance.*

LE *verseau*

CARACTÉRISTIQUES ESSENTIELLES

Verseau
21 janvier – 19 février

Planète dominante : Uranus

Élément : air

Mode : fixe

Minéraux : améthyste, cristal de roche, grenat, hématite, lapis-lazuli, perle noire, quartz, saphir

Métaux : argent, platine, plomb, zinc

Jour de la semaine : samedi

Moment de la journée : le matin, particulièrement l'aube

Chiffres porte-bonheur : 3, 4, 8, 11

Couleurs : bleu électrique, gris-bleu, jaune, noir, vert, violet

Plantes et fleurs : millepertuis, mimosa, muguet, myrte, petit tronc de dracéna, rhododendron, romarin

Parfums et épices : aloès, amande, cèdre, encens, moutarde, œillet, rose, thym, verveine

Point cardinal : est

Lieux bénéfiques : les endroits bondés, comme les grandes villes

Pays : Croatie, Danemark, Pologne, Russie, Suède

Villes : Brighton, Hambourg, Los Angeles, Salzbourg, Sidney, Trente, Urbin

Célébrités : Jennifer Aniston, Daniel Balavoine, Christian Bale, John Belushi, Caroline de Monaco, Phil Collins, Charles Darwin, James Dean, Charles Dickens, Matt Dillon, Christian Dior, Mia Farrow, Federico Fellini, Galilée, Michael Jordan, Abraham Lincoln, Mahomet, Bob Marley, Wolfgang Amadeus Mozart, Franklin Roosevelt, Michel Sardou, Franz Schubert, John Travolta, Jules Verne, Robbie Williams

Partenaires préférés : Balance, Bélier, Gémeaux, Sagittaire, Verseau

Signe complémentaire : Lion

Parties du corps : chevilles, hypophyse, jambes, mains, vaisseaux sanguins

Tarot : l'Étoile, le Fou

Devise : « connaître », « rechercher »

Qualités : altruiste, créatif, déterminé, disponible, dynamique, honnête, idéaliste, indépendant, perspicace, progressiste, sympathique

Défauts : agressif, détaché, fuyant, inconstant, indiscipliné, intransigeant, opportuniste, polémiste, présomptueux

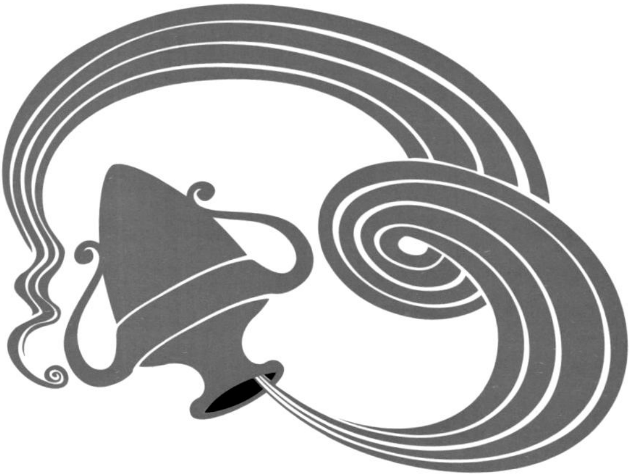

Des éléments sont associés à chaque signe en fonction d'analogies symboliques. Ils tiennent compte des corrélations entre les qualités attribuées aux planètes.

PSYCHOLOGIE ET PERSONNALITÉ DU

verseau

« La plupart du
plus d'intensi
que notre v

« La plupart du temps, nous mettons plus d'intensité à vivre nos rêves que notre vie réelle. »

HERMANN HESSE

Le Verseau est le onzième signe du zodiaque et se situe dans la Maison de la vie sociale, de l'intellect et des grands idéaux. Le natif du signe **sent qu'il fait partie d'un tout**, croit dans la fraternité, la justice et la communauté. Il est profondément touché par la souffrance dans le monde, les problèmes sociaux et environnementaux.

Il aimerait pouvoir faire de ce monde un monde meilleur pour tous. Bien qu'il soit d'humeur changeante, il essaie de ne jamais blesser les sentiments de son prochain. Il est rarement rancunier. Peu de gens réussissent comme lui à sacrifier leurs exigences personnelles pour leurs idéaux. **D'un naturel rêveur**, il a confiance dans le futur et recherche la complicité dans chaque relation. D'autre part, **il est aimé et admiré pour sa sensibilité** et n'a pas de mal à se faire beaucoup d'amis. Néanmoins, il est plutôt timide et réservé et aime aussi rester seul pour réfléchir à ses innombrables idées et aux décisions à prendre. En effet, **bien qu'il pense à mille choses à la fois, ses actions sont généralement réfléchies** ; en revanche, ses rêves sont tellement nombreux et difficiles à réaliser qu'ils peuvent parfois le bloquer dans son indécision. D'ailleurs, il a souvent la sensation que les autres ne comprennent pas ce qu'il ressent, d'où son amertume qui l'amène à éviter ceux qui ne sont pas intellectuellement à sa hauteur. En revanche, le Verseau donne le meilleur de lui-même en amitié. **Il a besoin de se sentir aimé et apprécié pour pouvoir s'exprimer.** Le mode fixe donne au natif une **force de volonté**, une

détermination et une **capacité de concentration** utiles pour la poursuite de ses objectifs. Il est vraiment convaincu de ce qu'il fait mais il se peut qu'il change de cap, comme le vent qui change de direction, au point de se diriger dans l'autre sens. En effet, bien qu'étant généralement stable, **c'est un individu si original que l'on peut s'attendre à tout de sa part** ! Même à l'absurde. Son honnêteté l'empêche d'avoir recours à l'hypocrisie et à l'opportunisme pour arriver à ses buts, car il possède un sens inné du respect pour son prochain. Il évite les mensonges, est **franc** et n'a pas peur de dire ce qu'il pense. **On peut compter sur lui** : il tient toutes ses promesses. Gouvernés par l'élément air, les Verseau ont souvent des **personnalités hors du commun** : ils sont vifs d'esprit, dynamiques, doués en communication, **éclectiques et capables de trouver des idées géniales**. Qu'ils soient poètes, philosophes, savants fous ou révolutionnaires…ils sont capables de marquer des tournants historiques grâce à leurs actes. **Pour eux, la liberté de pensée est fondamentale**, ce qui les rend tolérants et ouverts à l'échange. Mais gare à qui ne respecte pas leurs idées ! Ils sont susceptibles et très indépendants. Bien qu'ils semblent **calmes**

et **paisibles**, ils peuvent devenir agressifs et violents lorsqu'ils se sentent instables ou incompris. Certains Verseau se sentent supérieurs aux autres. Dans ce cas, il est rare qu'ils admettent leurs erreurs ; en soutenant leurs propres opinions, qu'elles soient logiques ou insensées, et en critiquant celles des autres, ils peuvent carrément basculer dans le fanatisme.

L'élément air donne également aux natifs du signe une certaine propension à nouer des relations. Malgré leur brin de vanité, en effet, les Verseau se montrent en général **aimables et prompts à offrir leur soutien**. S'ils dirigent leurs énergies vers leur prochain, ils peuvent même se lancer corps et âme au service d'une cause sociale.

L'**imagination débordante** dont ils sont dotés amènent les natifs du signe à soupeser de nombreux points de vue – souvent opposés –, ce qui peut les faire sembler **contradictoires** et **rebelles**. D'ailleurs, qui a dit que les conventions étaient justes ? Si ça ne tenait qu'au Verseau, il n'y aurait pas beaucoup de limites : pour lui, chacun est libre d'agir à son gré. **Son esprit a besoin de voguer à la recherche de stimulants**, d'où son intolérance à la routine et sa faible propension à satisfaire les attentes des autres. Mais si on le laisse libre d'exprimer son esprit d'initiative, son âme altruiste et sa propension à collaborer font surface, même si, étant en général un théoricien, son engagement reste intellectuel.

· · · · · · · · · · · · · ·

Le mythe associé au signe est celui de Prométhée, qui vola le feu aux dieux afin de l'offrir aux hommes : il rappelle la **générosité** et la **vivacité de l'esprit**, qui s'éloigne de la matière pour se diriger vers une connaissance supérieure. De même, la légende d'Icare et de son père, Dédale, représente certaines des caractéristiques typiques du signe, telles que l'**esprit fin** et la **projection de la pensée vers l'au-delà et vers l'autre**. Les deux personnages mythologiques cherchèrent à franchir les barrières et à s'échapper du labyrinthe en se construisant deux paires d'ailes, comme celles que le natif du Verseau s'est construit pour lui et qu'il garde cachées quelque part dans son esprit ! Le Verseau a de **grands idéaux** : s'il le pouvait, il se munirait d'un pinceau et de couleurs pour repeindre le monde à son image ! Malheureusement, la réalité est souvent limitée par rapport à ses rêves et il risque donc d'être déçu.

Uranus, la planète dominante, est responsable de l'**élan novateur** et de l'**esprit subversif** que possèdent les natifs du signe. Les énergies qui émanent de cette planète sont en effet tournées vers la rupture des règles préexistantes pour laisser place à la régénération de l'esprit et au renouveau. Le nom lui-même, **Uranus**, qui dérive du grec Ouranós (ciel), rappelle la divinité des cieux, de l'univers étoilé et fait donc référence à quelque chose de plus grand, de plus haut, d'infini... Uranus est la transformation à l'état pur qui peut surprendre l'individu et le conduire à des changements parfois drastiques. Bien qu'il soit un signe fixe, les caractéristiques apportées par Uranus et par l'élément air rendent le Verseau **sans cesse désireux de nouveautés**, ce qui peut l'amener à commencer beaucoup de choses sans en terminer aucune. Il serait dommage que toutes ses énergies soient gaspillées par sa frénésie de la découverte : c'est pour cela qu'il devrait apprendre à ralentir un peu le rythme de ses pensées. Quoi qu'il en soit, le natif du signe est **toujours en avance sur son temps**. Son esprit créatif l'amène en effet à percevoir le devenir des choses ; voilà pourquoi il semble distrait et a besoin, de temps en temps, d'être ramené sur

terre. Grâce à sa **capacité d'abstraction**, il arrive à voir les différentes situations sous un angle logique et, lorsque cette même logique vient à manquer – dans les problèmes affectifs par exemple – il se sent d'abord perdu pour partir ensuite à la recherche de nouvelles explications valables. Si Uranus est la planète du changement soudain, **Saturne**, la seconde planète qui gouverne le signe, est son exact opposé puisqu'elle symbolise non seulement la **stabilité** et le **conservatisme** mais aussi la **rigueur** (d'où sa tendance à vouloir imposer ses propres opinions). Ce sont ces influences contrastées qui rendent le Verseau aussi **extrava-**

gant, **imprévisible** et vif. Le Verseau est original, excentrique, impulsif et provocateur ; s'il le veut, **il peut être très persuasif** et aller jusqu'à soulever les masses. L'inspiration particulière dont il est doté le rend très séduisant. Il est doté entre autres d'un **sens de l'ironie subtil** qu'il utilise souvent pour dédramatiser. Il aime les échanges d'idées, est **attiré par la culture et met le plus d'informations possibles à profit**. Sans préjugés, il est ouvert à la connaissance et à l'échange : dans sa course vers le futur, le passé et le présent sont des expériences dont il se sert pour s'améliorer. **Dans le cycle de la nature**, la période du Verseau correspond au milieu de la saison hivernale, lorsque l'air est pur, piquant et stimulant. Les journées commencent cependant à s'allonger et l'on sent que le réveil est proche. Les énergies sont donc toutes tournées vers le futur – ici, le printemps – et offrent l'espoir d'un bien-être majeur pour tous. Le Verseau correspond donc, après un état de léthargie, au **renouveau** et à l'adéquation des besoins personnels aux idéaux collectifs. **Dans l'histoire de l'humanité**, le Verseau représente la libération de l'ego des conditionnements matériels et l'union avec un tout collectif. C'est un mouvement qui guide l'homme au-delà de la connaissance jusqu'au partage du savoir. Même en conservant sa propre conscience de soi, le Verseau sait qu'il fait partie d'un unique dessein. Il symbolise la **fraternité**, la **paix**, la **justice** et l'engagement pour un objectif commun. La Révolution française, visant l'abolition des privilèges et la fraternité, est liée au signe du Verseau. Pour le natif du signe, tous les hommes naissent libres et égaux ; chacun se différencie ensuite en fonction de sa propre valeur qui repose sur l'intelligence personnelle et l'évolution intérieure. Il s'agit du **signe de la diplomatie, de la négociation et des stratégies. Le symbole graphique du signe**, d'origine égyptienne, **représente l'eau**, don divin. Le Verseau est aussi souvent représenté par une figure humaine versant l'eau d'une amphore : c'est celui qui apporte la connaissance et l'énergie spirituelle à l'humanité entière, symbole de solidarité et de renouveau. C'est le divin qui se réalise à travers son interaction avec la matière. De la même façon, le natif du signe enrichit le monde de ses idées géniales. Les animaux assimilables au signe sont le **léopard**, indépendant et doté d'agilité, mais aussi porté à la suprématie ; l'**aigle**, qui vole librement dans le ciel immense, et la **chouette**, symbole de sagesse et d'intelligence rationnelle.

L'ENFANT VERSEAU

Petit déjà, le Verseau manifeste un certain anticonformisme et une imagination débordante. C'est un enfant **indépendant** et **très inventif**. Vu son esprit rebelle, le suivre n'est pas chose facile ! S'il fait une bêtise, il est tellement malin qu'il réussit à la réparer ou à la garder cachée. Par son intelligence, il séduit les adultes qui admirent son air « de grand ». **Vif et joyeux, il s'intéresse beaucoup à la connaissance et à l'expérimentation mais n'aime pas les ordres** : il préfère choisir seul. L'élever signifie **mettre en valeur ses talents créatifs** et ne pas réprimer son exubérance par des contraintes sévères qui pourraient l'amener à manifester son esprit rebelle par des comportements destructeurs. Avec lui, **le dialogue ne doit**

jamais manquer et sert aussi à le faire redescendre sur terre lorsqu'il part dans son monde enchanté. Il est très émotif et doit donc **être traité avec douceur**. Le petit Verseau a besoin d'amis avec qui créer une complicité : son charisme très particulier le rend populaire dans le groupe, au point d'en devenir souvent le guide. Dans les relations, **il se comporte de façon gentille et respectueuse** ; si quelqu'un va mal, il est capable de dédramatiser la situation avec sagesse et optimisme. Vu sa franchise, il a tendance à croire que tout le monde est comme lui, ce qui le rend naïf et **trop confiant envers les autres**. Encore enfant, il a cependant un **esprit logique** : il montre une conscience de soi précoce et est capable d'observer les situations avec objectivité. Il n'empêche que, quand quelque chose l'attire, il se lance à sa découverte sans y réfléchir à deux fois !

L'HOMME VERSEAU

Le natif du signe n'est certainement pas un homme quelconque ! Qu'il soit plus ou moins intelligent, c'est une personne rarement banale. Il est **brillant** et **curieux** et s'intéresse à son développement personnel ainsi qu'à l'amélioration du monde qui l'entoure. L'homme Verseau est un individu avant-gardiste, souvent **charismatique** et **talentueux**. De nature réfléchie, il est pourtant assez prompt et attentif pour pouvoir saisir au vol les occasions que lui offre la vie. **Il nourrit de grands idéaux et a confiance dans l'avenir** ; lorsqu'il se rend compte que toutes ses idées ne sont pas réalisables, il se sent frustré mais ne se lasse pas de chercher de nouvelles opportunités. Il arrive, en effet, qu'il semble absent et absorbé dans ses pensées. **Il cultive de nombreux centres d'intérêt**, est souvent débordé par le travail et n'exclut aucune expérience s'il en ressent l'envie. **Il a le sens de l'humour et aime s'amuser.** C'est un homme séduisant et extrêmement imprévisible ! Il possède des capacités de communication prononcées, est intuitif et sensible mais revendique

sa liberté. Généralement, il est plus cérébral que physique. Il est critique envers les conventions et **ne s'adapte pas par conformité mais seulement s'il en est convaincu** ; autrement, il crée ses propres règles. Si quelqu'un le contredit, il peut se montrer très obstiné. Au travail, il n'accepte pas trop de limites non plus.

L'homme Verseau semble calme, modeste, parfois distrait et désordonné. Il n'aime ni être au centre de l'attention ni imposer ses propres idées : il pense simplement avoir quelque chose de plus à offrir aux autres mais à travers l'amitié et la solidarité et non pas la force. **Il déteste la violence et recherche**, au contraire, **le dialogue et le partage**. Il a besoin de trouver sa propre autoréalisation, mais cela ne signifie pas pour lui atteindre une situation prestigieuse ou devenir riche : ce qui compte est de donner libre cours à son talent créatif et concrétiser ses idées. **Il se bat pour la vérité et l'authenticité**, au point de sembler souvent visionnaire par rapport aux situations réelles. Dans les relations, l'homme du signe est généreux et toujours disponible pour aider, à condition qu'il soit bien sûr indépendant ! **C'est un excellent ami**, presque un frère ; l'important est que le respect et la tolérance soient partagés. Il arrive que le Verseau ressente la contradiction entre son besoin de s'insérer dans la vie sociale et son envie de se concentrer sur sa propre personnalité, sur la connaissance et son évolution intérieure.

EN UTILISANT AU MIEUX VOTRE AMABILITÉ ET EN VOUS MONTRANT INTÈGRES TELS QUE VOUS L'ÊTES, VOUS POUVEZ ATTEINDRE DE GRANDS OBJECTIFS.

LA FEMME VERSEAU

La représentante féminine du signe a rarement une vie plate et banale. Elle est d'un naturel **anticonformiste** et **plein de vitalité** et possède une imagination débordante qu'elle a souvent du mal à concilier avec la réalité. Les conventions la gênent ; quand bien même elle essaierait de s'y adapter, il est probable qu'elle se sentirait insatisfaite et incomprise. Elle est différente dans le sens où **elle est toujours projetée dans l'avenir et vers le changement**. Le stéréotype de la femme Verseau est en effet la féministe type qui lutte pour l'abolition des contraintes et pour sa propre liberté. Il n'est pas dit qu'elle soit portée pour fonder une famille et, dans tous les cas, elle revendique son droit d'être elle-même, sans artifices.

L'aboutissement de ses aspirations, socialement acceptées ou pas, est son but principal ; elle ne recherche pas ouvertement l'approbation des autres. Il se peut qu'elle ressente aussi le besoin d'être une épouse, une mère ou d'aider son prochain ou encore qu'elle souhaite exprimer ses potentialités d'une toute autre façon, en se concentrant par exemple sur son travail ou sur ses loisirs. Les femmes du signe sont perspicaces, ouvertes au dialogue et prêtes à apporter leur contribution à l'innovation et à l'amélioration. Leur désir de stabilité n'est pas vital ; elles perçoivent les relations amoureuses ou amicales comme quelque chose qui est « beau tant que ça dure » sans se demander si et quand elles finiront. Elles aiment la compagnie mais mettent un terme aux relations qui ne leur permettent pas d'être elles-mêmes. Elles sont fidèles à leurs propres valeurs (dont fait partie la tolérance). Elles ne prétendent pas modifier les personnes ou les situations : si quelqu'un ne leur plaît pas, elles changent simplement de chemin et partent à la recherche de quelque chose de plus conforme à leurs idéaux. D'ailleurs, elles aiment faire de nouvelles connaissances et sont attirées par les choses insolites et bizarres.

Si leur désir de changement est excessif, il peut devenir un obstacle à la création. Afin d'éviter de disperser ses énergies, la femme Verseau doit veiller à ne pas passer d'une expérience à l'autre sans en achever aucune.

Indépendante et singulière comme elle est, elle se révèle séduisante : elle en arrive presque parfois à intimider les gens à cause de sa grande rationalité et de sa fidélité à elle-même. Ce n'est pas une femme fragile et délicate mais une personne avec qui nouer des liens d'égal à égal et avec qui partager des centres d'intérêt et des connaissances. Bien qu'étant capable de vivre des émotions intenses, elle est profondément passionnée par les recherches psychologiques et les échanges d'idées et aime faire voguer son esprit vers des territoires inexplorés en quête de connaissance, au point de pouvoir sembler compliquée ou même un peu folle aux yeux de certains.

EN VOUS CONCENTRANT SUR LES PROBLÈMES DU MONDE, VOUS RISQUEZ DE NE PAS VOUS APERCEVOIR QUE QUELQU'UN À QUI VOUS TENEZ A BESOIN DE VOTRE ATTENTION.

LE CHAT VERSEAU

Indépendant, curieux et un peu bizarres, les chats du signe sont aimables mais parfois un peu maladroits ! Ils sont rêveurs, poursuivent leur fantaisie et peuvent se comporter bizarrement. Ils se faufilent partout et n'ont peur de rien : voilà pourquoi il vaut mieux les surveiller de temps en temps. Ils sont particulièrement attirés par le matériel high-tech. Les espaces confinés les feraient souffrir. Très respectueux envers la liberté d'autrui, ils en exigent autant et ont donc du mal à concevoir que les espaces et les objets soient la « propriété » de quelqu'un. Ils détestent les ordres : c'est pourquoi il vaut mieux s'adresser à eux avec délicatesse. L'idéal avec ces matous est de les traiter en amis ! Ils savent se montrer affectueux mais n'aiment pas les chichis excessifs : ce sont des esprits libres. Ils mangent quand ils en ont envie et n'ont pas de grosses préférences. Bien qu'étant très vifs, ils ont souvent besoin de tranquillité : ils évitent en effet les situations chaotiques. Ils se sentent bien avec les gens joyeux et indépendants.

LE CHIEN VERSEAU

S**ociable** et **espiègle**, le chien du signe souffre de la routine. Au contraire, il aime explorer de nouveaux endroits, découvrir des odeurs et des parfums et dépenser son énergie en courant partout. Même s'il n'est pas toujours agile, il grimpe, il saute… enfin, il essaie ! Qu'il s'agisse d'animaux ou d'humains, **il est toujours heureux de pouvoir faire de nouvelles connaissances et d'être en compagnie**. Lorsqu'il court après son imagination et ses sensations, il peut sembler plus détaché et réservé. Il est très fidèle et attaché à son patron – qui représente plus un compagnon de jeux et de vie pour lui – mais **peu enclin à obéir aux ordres** : il peut le faire uniquement s'il sent qu'il rendra ainsi son ami heureux. **Il ne tolère pas les injustices**, est intelligent et intuitif, a un fort caractère – et est souvent beau – et semble quelque peu différent des autres. Très autonome, il est donc adapté pour vivre avec des gens tout aussi indépendants que lui, joyeux et tolérants. **Il a besoin d'air et d'espace** et doit donc être promené souvent ou laissé libre de courir dans les prés.

LES CENTRES D'INTÉRÊT, LES HABITUDES ET LES VALEURS DU

verseau

« Il y a ceux qui v
qu'elles sont et se
et il y a ceux qu
telles qu'elles po
et se disent… p

« Il y a ceux qui voient les choses telles qu'elles sont et se demandent pourquoi, et il y a ceux qui imaginent les choses telles qu'elles pourraient être et se disent… pourquoi pas ? »

GEORGE BERNARD SHAW

Le natif du signe est anticonformiste par son apparence et par sa façon de penser. Il possède un certain sens critique qui le conduit parfois à se détacher des valeurs traditionnelles – ou du moins à méditer dessus – et à s'opposer aux opinions partagées. Même si, par la suite, il se résout souvent à embrasser les valeurs communes, **il se réserve toujours la possibilité d'exercer sa liberté de pensée**. Il se sent fier et satisfait lorsqu'il réussit à proposer une idée ou un point de vue inattendus. Dans un groupe, **il se distingue** en général **par sa créativité et son imprévisibilité**. Il n'est pas facile de le cerner et encore moins de lui imposer quoi que ce soit. **Pour lui, l'indépendance est réellement vitale.** Il ne recherche pas la contra-

diction à tout prix mais aime simplement penser à sa façon sans trop se laisser influencer ; si les autres sont d'accord avec lui, il en est heureux. Autrement, pour autant qu'il aime l'échange, il est **légèrement susceptible** et peut s'énerver facilement : l'instinct prend le dessus sur la raison ! D'autre part, le Verseau est **le signe de la fraternité et de la communauté** : c'est celui qui soutient la médiation entre les groupes sociaux et l'amitié entre les peuples. Il se sent donc capable d'améliorer sa vie et celle des autres grâce à la proposition – et l'approbation bien sûr ! – de ses idées. Bien qu'il soit **patient** et **tolérant**, s'il sort de ses gonds et qu'il arrive à l'excès, il peut carrément se montrer froid et méprisant face à des opinions différentes des siennes. Il a tendance à juger de façon critique tout ce qui est restreint et statique. Il a besoin de contacts humains, est sociable en compagnie mais **a du mal à se sentir lié** et n'est pas toujours loquace : au contraire, il est souvent plutôt introverti et réservé. Il peut être sensible, altruiste et généreux, mais – vu qu'il peut changer d'avis comme de chemise – tout dépend du moment : cela arrive surtout quand il ressent le besoin d'être en paix et en harmonie avec le monde. **Le respect et l'honnêteté sont des valeurs auxquelles il tient tout particulièrement**, car il croit dans la justice, l'amitié et l'égalité. Il s'enflamme si l'on parle de faim dans le monde, de guerres, de pollution, de maltraitance envers les animaux... **Il déteste l'égoïsme et l'hypocrisie.** C'est celui qui a dépassé les distinctions sociales entre hommes et femmes, blancs et noirs, droite et gauche, patrons et serviteurs, hétérosexuels et homosexuels, car il les a déjà toutes assimilées.

· · · · · · · · · · · · · ·

Le Verseau est plus tourné vers le mental que le physique : **il s'intéresse au savoir, recherche les affinités spirituelles, cultive de grands rêves et aime contempler la nature et la beauté en général.** En même temps, il est attiré par le confort matériel qui fait partie de son aboutissement et qui est essentiel car, grâce à lui, il peut continuer de faire ce qu'il aime le plus en se sentant à l'abri. S'il est vrai que le travail et les charges peuvent limiter la liberté, l'absence de biens matériels le peut tout autant! **Lorsque le Verseau décide d'atteindre un objectif, malgré sa paresse, il sait le poursuivre.** Il choisit le meilleur chemin grâce à son esprit logique qui le fait parfois sembler calculateur et utilitariste : quand il poursuit un but, il se concentre sur son résultat. Bien qu'étant **joyeux** et **optimiste**, il est capable d'assumer sérieusement des engagements et des responsabilités (qui lui procurent d'ailleurs anxiété et préoccupations, car il craint que tout ne se passe pas comme prévu). Vu son besoin d'affirmer sa liberté d'action et d'utiliser au mieux sa créativité, il est **presque toujours insatisfait** et à la recherche d'un nouveau but à atteindre car, au fond, il espère que les autres se souviennent de lui d'une façon ou d'une autre. Il a une excellente mémoire et utilise au mieux ses expériences même s'il vit en regardant droit devant lui. Il manifeste du courage et de la résistance même dans les situations difficiles. Dans l'ensemble, c'est une personne aux idées larges et pour qui presque rien n'est impossible.

LA MAISON

Même si, en général, il ne semble pas trop difficile en matière de logement, le Verseau **a besoin de grands espaces** ; voilà pourquoi il voit rarement d'un bon œil les petits appartements de ville. L'idéal pour lui serait de pouvoir se permettre une grande maison de campagne avec de larges pièces et un grand jardin. Bien que prêtant peu d'importance aux bien matériels – selon ses dires ! – il achète presque toujours une maison ou fait le nécessaire pour y arriver. À bien y réflé-

chir, pour autant que l'on puisse lui reprocher la contradiction, le fait de s'engager maintenant est une façon de ne pas se sentir lié à des échéances et à diverses obligations et d'éviter de dépendre des autres par la suite. L'**ameublement** qu'il préfère est, bizarrement, d'un style plutôt **sobre** et **traditionnel** ou moderne et à l'avant-garde. Les **divans** et les **coussins** pour s'assoir en compagnie sont nombreux. La décoration est enrichie d'objets particuliers, comme des **tableaux** (peut-être peints par lui-même !) sans qu'il y ait trop de bibelots et de contrastes de couleur excessifs. Vu son besoin de compagnie et son amour pour la nature, il est probable qu'il partage sa maison avec un ou plusieurs **animaux domestiques**. Le Verseau est hospitalier mais n'invitera peut-être pas souvent ses amis chez lui, car il se sentirait obligé de tout nettoyer et de tout ranger pour qu'ils se sentent à l'aise.

ESSAYEZ DE RESTER CALMES, PAS SEULEMENT EN APPARENCE, ET PRENEZ UN ENGAGEMENT À LA FOIS : DE TOUTE FAÇON, VOUS NE POURRIEZ PAS SAUVER LE MONDE EN UNE DEMI-JOURNÉE !

L'HABILLEMENT

En général, le natif du signe ne s'intéresse pas particulièrement à étoffer sa garde-robe. **Le plus important pour lui est de sortir du lot.** Même s'il s'inspire de la mode, il y ajoute toujours une touche originale. Son style peut être excentrique et extravagant, moderne et minimaliste ou bien classique et simple mais, dans tous les cas, il révélera sa personnalité pleine d'imagination. **Si certains Verseau s'habillent de façon très particulière** – avec des piercings, des tatouages, des dreadlocks, des cheveux rasés ou fluorescents ! – par provocation, **d'autres s'habillent au contraire avec ce qui leur tombe sous la main** sans perdre trop de temps. Même lorsqu'ils possèdent le sens de l'élégance, il y a toujours un quelque chose de différent chez les Verseau. **Liberté** et **anticonformisme** sont leurs mots d'ordre. Le risque étant de se retrouver, dans une occasion où l'habit fait le moine, discriminés car habillés de façon peu convenable. Les Verseau exhibent rarement leur corps – ce qui est un vrai péché vu leur physique ! – car ils privilégient leur intellect.

LES VOYAGES

Le Verseau **adore voyager** et peut décider de passer de longues périodes loin de chez lui, en quête de nouvelles expériences et d'enrichissement intérieur. Lors de ses moments de changement, il est capable de couper les ponts avec tout, travail et famille inclus, et de se lancer à l'aventure sans se retourner avec un optimisme à tout casser. Si les Verseau développent et mettent en pratique leur altruisme inné, il se peut qu'ils partent pour des missions humanitaires. Les destinations les plus adaptées sont les pays lointains, où il est possible de **découvrir des cultures et des coutumes diamétralement opposées aux siennes** – et d'observer de curieux animaux! –, comme les pays du Nord (Scandina-

POUR UN BAIN RELAXANT, AJOUTEZ QUELQUES GOUTTES D'HUILE ESSENTIELLE DE BOIS DE ROSE, BERGAMOTE, GÉRANIUM OU LAVANDE A L'EAU DE LA BAIGNOIRE.

vie, Groenland, Alaska ou pôle Sud) ou le Brésil, l'Afrique du Sud ou encore l'Orient. Les villes américaines, bien que moins extrêmes, pourraient être tout aussi intéressantes pour le Verseau : citons le **grand centre culturel** de Boston, Seattle, ville de la musique et de la technologie, ou encore Sydney, **métropole cosmopolite** australienne au climat doux et vivifiant.

Sans devoir se rendre au bout du monde, le natif du Verseau peut également se régaler dans les villes d'art italiennes et européennes, dans les régions sur la mer Adriatique comme les Abruzzes ou les Pouilles ou celles donnant sur la Méditerranée, telles que la Sicile et la Sardaigne où l'on peut – en dehors du charme de la mer – découvrir de petits villages et bourgs perdus qui abritent de merveilleux **trésors artistiques, picturaux et architecturaux**.

QUEL CADEAU POUR LE VERSEAU ?

Les natifs du signe sont en général très éclectiques : les possibilités sont donc innombrables. Des voyages aux billets pour un concert, une exposition ou un parc d'attractions ; des livres et revues sur ses sujets préférés – culture, société, philosophie, science-fiction et voyages (réels ou imaginaires !) – ou autres thèmes, à toute chose originale et introuvable. **L'important est qu'il ne s'agisse pas de cadeaux banals et prévisibles.** On peut le surprendre par exemple avec **un objet fait main**, comme un pull-over ou une écharpe de facture particulière, un bijou au design innovateur ou un accessoire de classe. Une plante exotique, rare et insolite ou un vin de production familiale sont aussi d'excellentes idées. Comme c'est souvent quelqu'un qui **aime vivre avec son temps** mais qui renonce très facilement à l'achat de vêtements, accessoires et autres gadgets, on peut en profiter pour lui offrir un produit high-tech (ordinateur, téléphone portable, appareils électroménagers) surtout s'il fait

économiser du temps et des efforts. Pour ce qui est des habits, les couleurs qui vont le mieux au Verseau sont le **noir**, limite extrême de la non couleur et expression de « protestation », le **gris**, symbole d'équilibre, le **bleu** et le **vert d'eau**, qui inspirent le calme, mais aussi le **violet**, couleur de la spiritualité et de la créativité.

POUR VOUS DÉBARASSER DES PESANTEURS ET DES BALLONNEMENTS, MARCHER 15-20 MINUTES PAR JOUR VOUS FERAIT LE PLUS GRAND BIEN.

LES GOÛTS CULINAIRES

L'idéal pour le Verseau est de **pouvoir manger quand il en ressent le besoin**, même en dehors des heures habituelles. S'il est occupé par une activité ou perdu dans ses pensées, il se peut qu'il en arrive même à oublier les repas (pour se remplir ensuite le ventre avec ce qui lui tombe sous la main) ou qu'il se goinfre une fois par jour et jeûne le reste de la journée. Sauf indications contraires dans le thème, les Verseau **n'aiment pas trop devoir cuisiner** et font partie de ceux qui utilisent le plus de produits déjà prêts ; ils ne refusent pas un sandwich rapide. Il existe aussi des natifs du signe qui **se mettent volontiers aux fourneaux afin d'exprimer leur créativité**. Mais dans tous les cas, cela dépend beaucoup de leur humeur du moment. Ils aiment goûter de tout et expérimenter de nouveaux assortiments. Ils préfèrent en général les **plats uniques** ou les mets qui ne prennent pas trop de temps mais qui sont **savoureux** et **abondants**. Ils aiment aussi être à table pour profiter de la compagnie.

RECETTE

Paella à l'aragonaise

INGRÉDIENTS POUR 4 PERSONNES

300 g de riz
½ lapin
500 g de poissons variés (poulpe et mollusques)
2 artichauts
6-8 asperges
1 verre de sauce tomate
2 pistils de safran
2 gousses d'ail
½ oignon
½ pied de céleri
1 poivron jaune
1 poivron rouge
200 g de petits pois écossés
100 g de haricots blancs cuits à l'eau
100 g de saucisse
1 litre de bouillon de viande (ou de légumes)
6 grosses crevettes
huile d'olive extra vierge

RECETTE

PRÉPARATION :

Épluchez les artichauts et les asperges, coupez les premiers en quartiers et conservez uniquement les pointes des asperges. Faites cuire le tout dans de l'eau bouillante salée, égouttez-les quand ils sont *al dente* et faites-les revenir dans de l'huile. Préparez une sauce en mélangeant la sauce tomate au safran et à l'ail finement haché. Videz le lapin, lavez-le, coupez-le en petits morceaux et faites-le dorer dans l'huile. Égouttez la viande ; faites revenir l'oignon coupé en tranches, le céleri en petits dés et les poivrons en fines lamelles. Ajoutez les petits pois et, en dernier, les haricots et les poissons vidés et coupés en morceaux s'ils sont gros.
Laissez le mélange prendre du goût, versez le riz et mélangez pendant quelques minutes, puis ajoutez la sauce et la saucisse sans peau et en petits morceaux. Arrosez le tout avec le bouillon très chaud et portez de nouveau à ébullition. Après 5 minutes, couvrez le récipient et enfournez le tout pendant 10 à 15 minutes dans le four préchauffé à 180 °C. Sortez le plat du four, placez les homards, les artichauts et les pointes d'asperges sur le riz, puis couvrez et enfournez de nouveau pendant 7 à 10 minutes. À la fin de la cuisson, les grains de riz doivent être secs et bien détachés et tous les ingrédients parfaitement cuits. Laissez reposer la paella 5 minutes avant de la servir.

Bon appétit !

LA SANTÉ ET LA BEAUTÉ

Le natif du signe est généralement en bonne santé : **il n'est pas très robuste mais résistant**. Son dynamisme l'amène à se rétablir vite des problèmes de santé. Vu son **tempérament nerveux**, cependant, il a tendance à dissiper toutes ses énergies dans ses rêveries et, parfois, dans ses activités frénétiques. D'un naturel inquiet, il est **sujet au stress** et à toutes les pathologies qui y sont liées, comme l'insomnie par exemple. Il arrive que son désir de vivre de fortes sensations l'amène à risquer sa vie dans des sports extrêmes, dans des courses de voiture ou de moto ou bien dans le maniement d'armes.

Le Verseau **ne prend pas toujours soin de sa santé**. De plus, son inconstance dans l'exercice physique varie en fonction des périodes et de sa paresse. Les parties du corps associées au signe qui sont les plus sujettes aux problèmes sont les **jambes**, notamment les **chevilles** et les **mollets**, les **poignets** et les **mains** ainsi que le **système sanguin**. En cas de foulures et de fractures, les extrémités des membres inférieurs et supérieurs sont souvent les parties concernées. Les Verseau devraient faire attention car, avec l'âge, ils pourraient avoir des problèmes cardio-vasculaires, des phlébites, varices ou spasmes musculaires. Ainsi, il vaut mieux éviter de rester debout trop longtemps et adopter au contraire un style de vie plus équilibré en faisant un minimum d'activité physique régulière et en mangeant plus sainement.

Modérer son alimentation et répartir ses repas permet aussi d'éviter le surpoids et, par conséquent, l'insuffisance cardiaque. Les Verseau devraient toujours prendre assez de **vitamine C** (qui renforce et conserve les veines et les capillaires en bonne santé) en mangeant beaucoup de fruits frais – notamment les agrumes, kiwis, papayes, grenades –, de tomates, poivrons et brocolis...

De même, la **vitamine E** – antioxydante, immunostimulante et utile pour la prévention des maladies cardio-vasculaires – devrait toujours être présente dans leur alimentation : on la trouve dans des aliments tels que les huiles végétales polyinsaturées (notamment les huiles d'olive et de graines de tournesol), les légumes secs, les noix et les céréales intégrales. Les asperges, les avocats, les fruits des bois, le foie, les légumes verts à feuilles et les courgettes sont également d'autres sources de vitamine E.

Le sel minéral associé au signe est le **chlorure de sodium** qui aide à éviter la rétention d'eau ; on en trouve dans les choux, les épinards, les asperges, le céleri, les radis, les carottes, l'orge, les lentilles, les poissons et fruits de mer, les fraises, les pommes et les figues. Curieux et intéressés par les nouveautés, les Verseau sont **souvent attirés par la médecine alternative**, mais comme pour tout, ils s'en lassent vite.

Physiquement, les natifs du signe sont assez attirants : ils ont un visage aux traits réguliers, de belles mains et des jambes bien proportionnées. Ils ne sont pas plus intéressés que ça par leur apparence physique vu qu'**ils souhaitent être remarqués pour leur intelligence et pour leur capacité à sortir du lot.**

LES SPORTS ET LES LOISIRS

Les Verseau ont **beaucoup de centres d'intérêt** : les voyages, les conversations passionnantes, les films de science-fiction, la lecture, la musique et l'art. Ils peuvent se dédier à des activités sociales pendant leur temps libre. Exubérants et éclectiques, **ils expérimentent un peu tout mais se lassent vite**. Ils peuvent essayer de jouer d'un instrument de musique (et abandonner parce qu'un effort continu est nécessaire), s'intéresser à la psychologie, à l'astrologie, à la peinture, à la sculpture, prendre des cours de céramique… Ce ne sont pas toujours des sportifs convaincus ; ils préfèrent assister aux manifestations sportives en direct ou à la télé plutôt que d'y participer. **Ils sont attirés par les sports d'extérieur et par ceux qui demandent de l'endurance, de la vitesse et de la rapidité de réflexes.** Le tennis, le golf, le polo, le baseball, le vélo, l'athlétisme, les sports extrêmes et les sports aquatiques (voile, planche à voile, plongée, water-polo) sont faits pour eux. Ils choisissent parfois une activité originale comme le bowling ou le tir au pigeon pour sortir du lot.

LES ÉTUDES ET LE TRAVAIL

Vu son **intelligence** et son **esprit logique**, le Verseau apprend très vite. Il n'a donc pas de problèmes à l'école, bien au contraire ! Il est **curieux, vif d'esprit** et sait se faire aimer et respecter. Avide d'information, il recherche le sens de chaque chose et est heureux de pouvoir partager ses connaissances et ses découvertes avec ses camarades. Les matières vers lesquelles il est le plus porté sont les matières scientifiques, techniques et commerciales. Ses **idées novatrices, tournées vers le progrès de l'humanité entière**, peuvent s'appliquer à l'ingénierie, l'informatique, la biochimie, la génétique et la physique. D'ailleurs, le domaine scientifique lui offre la possibilité de connaître les mécanismes à la base des phénomènes observables et de l'évolution de la société. Les **disciplines artistiques** sont également adaptées au natif du signe, car elles lui permettent de créer et de donner forme à son imagination.

Le Verseau a de l'intuition et sait saisir les bonnes occasions au bon moment – s'il le veut, il sait aussi nouer les alliances les plus profitables – afin de réaliser ses propres idées. **Toutes les professions tournées vers le futur, dans le secteur scientifique-technologique ou social, sont** donc **faites pour lui.** De plus, le natif du signe possède d'excellentes capacités de communication et de persuasion, de la diplomatie et des capacités de collaboration. L'important est qu'il se sente libre de proposer ses idées. **C'est une personne trop brillante pour se soumettre aux règles !** Les emplois routiniers ne sont pas faits pour lui, de même que les situations de subordination sans possibilité d'évolution. S'il est le chef, il sera avant tout un ami et un collègue, généreux mais plus exigeant qu'il n'en a l'air. Il sera très attentif au développement de l'équipe créative et promouvra les initiatives originales. Quant au reste, son **éclectisme** et son **ouverture d'esprit** le rendent adapté à n'importe quel métier, même à ceux qui n'existent pas encore et qu'il inventera !

Le Verseau peut travailler dans l'aéronautique, l'informatique ou les relations publiques ; être professeur, écrivain, sculpteur, peintre, guide touristique, électrotechnicien, homme politique, agent commercial, acteur, présentateur radio, inventeur, syndicaliste, danseur... dans tous les cas, il sera sans doute le plus avant-gardiste. **Doué de la faculté de prendre du recul par rapport aux situations et aux émotions**, c'est la personne idéale pour les métiers qui demandent du sang-froid, comme ceux de la médecine, de l'infirmerie et des services sociaux. En général, toutes les tâches qui prévoient de s'engager pour une cause commune peuvent être exécutées avec grand zèle par le Verseau.

Le natif du signe considère le travail comme essentiel pour se réaliser et se sentir indépendant. Pour donner le meilleur de lui-même cependant, il a besoin d'être apprécié, car le travail lui cause de l'anxiété et des préoccupations, provoquées par la crainte de ne pas réussir à s'exprimer et à garder le contrôle des choses. Il arrive que les natifs du signe qui manifestent un esprit rebelle très marqué ne s'adaptent à aucun travail et s'obstinent à vivre en marge de la société ; auquel cas, il s'agirait de talents gâchés !

LE RAPPORT À L'ARGENT

Malgré son **comportement inconstant** dans tous les domaines, le Verseau fait attention à ses finances ; **l'argent lui sert à s'assurer un style de vie décontracté et sans trop de préoccupations**. Cela ne signifie pas qu'il ne considère pas le travail, l'appât du gain et tout le système social qui l'entoure comme une contrainte parfois pesante, mais il se rend compte que pour pouvoir vivre tranquille et se permettre des distractions, des voyages, des livres et autres – bref, pour être libre autant que possible –, il faut s'adapter et, au besoin, faire de gros sacrifices. Il y a aussi des Verseau qui ne coupent pas la poire en deux et qui revendiquent principalement leur liberté de pensée, en dépensant tout ce qu'ils ont gagné en un clin d'œil ou en vivotant d'une façon ou d'une autre. Il faut dire qu'il s'agit d'**un des signes les plus chanceux** : beaucoup de Verseau héritent d'argent. Le natif du signe étant tourné vers le futur, il sent qu'**il peut s'attendre à tout**, en bien ou en mal, et peut donc être avare ou dépensier ou encore osciller entre les deux tendances.

LE *verseau*

VIE PRIVÉE ET VIE SOCIALE

« La découverte,
ce que tout le
ce que pers

« La découverte, c'est de voir ce que tout le monde voit et penser ce que personne ne pense. »
ALBERT SZENT-GYÖRGYI

Les natifs du signe **ont besoin des autres mais aussi d'une grande liberté** : le meilleur compromis est donc l'amitié, où chacun conserve son espace vital même s'il partage des expériences, des idées et des connaissances avec l'autre. Les Verseau sont **loyaux** et **fidèles** avec les personnes dont ils se sentent proches – leurs fréquentations ne sont jamais banales mais toujours réfléchies et constructives – et qui savent leur montrer de l'estime et de l'affection sans les étouffer ni les critiquer. D'ailleurs, ils sont assez susceptibles, ce qui va avec leur grand besoin d'affirmer leur indépendance. **Sympathiques** et **brillants**, ils se retrouvent néanmoins souvent isolés. Leur besoin de méditer sur la vie et sur leurs rêves est

en perpétuelle contradiction avec leur besoin de compagnie : de plus, trouver quelqu'un qui puisse les comprendre n'est pas chose simple ! Ce sont des intellectuels qui cherchent constamment à dominer leur instinct : trouver un équilibre n'est pas facile. Cependant, la plupart des Verseau, lorsqu'ils ne sont pas occupés à lire ou à pratiquer d'autres loisirs individuels, préfèrent être en compagnie d'amis intelligents plutôt que de rester enfermés chez eux à ruminer. **Il est essentiel qu'ils se sentent aimés et appréciés** pour pouvoir donner le meilleur d'eux-mêmes. Ils savent être patients et généreux, sont prêts à se sacrifier pour aider un parent ou un ami en difficulté et à apporter leur propre contribution en vue d'une amélioration. **Ils peuvent mener de grandes actions humanitaires.**
Si un Verseau se sent limité dans sa liberté et dans une relation, quel qu'en soit le genre, ou s'il a perdu son enthousiasme, il est probable qu'il coupera les ponts sans y réfléchir à deux fois. Vu qu'il sait prendre du recul par rapport aux émotions, il peut paraître froid et cruel. Comme toujours, il existe des cas extrêmes et des nuances qui dépendent du développement personnel de chacun et d'autres facteurs astrologiques.

LA FAMILLE ET LE MARIAGE

Vu sa tendance à fuir les règles imposées, le Verseau s'est probablement souvent retrouvé en conflit avec sa famille d'origine. Dans ce cas, il a dû en souffrir, car se sentir incompris nuit à son équilibre déjà fragile et il se peut qu'il ait choisi de s'en désintéresser en créant son propre espace vital ou qu'il soit carrément parti vivre autre part. En effet, malgré son besoin de liberté et sa nature obstinée, il n'aime pas imposer ses idées et préfère souvent s'éloigner de ceux qui n'ont pas l'ouverture d'esprit qu'il recherche chez son prochain. Si l'entente est mauvaise, il n'y a pas de liens du sang qui tiennent. D'autre part, le Verseau **sait accepter les compromis pour une cohabitation tranquille** et sait aussi se montrer très patient mais, lorsqu'il sort de ses gongs, il vaut mieux courir aux abris !

Le natif du signe est doté d'un grand sens humanitaire, mais il s'agit plus d'une idée abstraite que d'un réel engagement. En pratique, il est généralement **individualiste**.

Il perçoit les relations sentimentales, qui n'ont rien de rationnel, comme une limite et ne se rend pas toujours compte qu'il peut blesser son partenaire ou sa famille. Il se peut que certains Verseau fuient les relations trop stables durant toute leur vie et qu'ils n'arrivent pas à concevoir de se marier ou d'avoir des enfants, perçus comme un redoutable fardeau. Dans des cas plus normaux ou moins extrêmes, s'ils trouvent la bonne personne, qui doit être avant tout un ami et un complice, ils peuvent parvenir au mariage sans problème. **Leur famille reposera sur le respect et la tolérance.** Sauf à se plaindre des efforts que demandent les tâches ménagères et l'éducation des enfants, ils savent être de bons parents, **compréhensifs** et **tolérants**. En fonction des influences des planètes et du degré de maturité personnel, ils peuvent avoir d'excellents rapports avec leur famille ou se trouver en conflit avec elle, ce qui déclenche chez eux de la nervosité et du stress. **Ils sont rarement anxieux et étouffants ; au contraire**, il est plus probable qu'ils soient plutôt laxistes en laissant trop de liberté à leurs enfants et en se désintéressant de leurs problèmes qu'ils ont souvent tendance à minimiser. Ils savent créer une atmosphère sti-

mulante autour de leurs enfants mais ne s'occupent parfois pas assez de mettre leurs qualités en valeur. Bien que revendiquant leur indépendance, les natifs du signe se montrent **beaucoup plus jaloux qu'ils ne le voudraient** et qu'ils ne sont disposés à le supporter eux-mêmes de la part de leurs partenaires. La difficulté à se laisser aller à ses propres émotions peut parfois constituer un obstacle important.

Même si, en général, lorsqu'il est satisfait de la relation, le Verseau est fidèle, si avec son partenaire il ne partage plus que peu de chose, il commencera à élargir ses horizons et il lui sera facile de s'en séparer sans en faire tout un drame.

Épouser un homme Verseau

Même si l'idée du mariage ne l'attire pas particulièrement, si un homme Verseau trouve la femme capable de le comprendre et de partager expériences et idéaux avec lui, qui est vive d'esprit et s'intéresse à la culture et à l'échange, il pourrait bien décider de se marier bien qu'il préfèrerait le concubinage. Évidemment, il faudra respecter son espace sans l'étouffer avec des questions indiscrètes ou des demandes d'attention continuelles. Une vie tranquille, sans que trop d'attentes soient placées dans la relation – le meilleur moyen d'obtenir quelque chose de lui est de ne pas lui demander avec insistance pour qu'il le fasse par lui-même –, est ce dont il a besoin. Alors, bien qu'il ne soit pas un saint, il saura rester fidèle. Mais s'il devait tromper sa femme sans vouloir divorcer, il serait difficile de s'en rendre compte, car il saurait conserver son aplomb habituel. On pourrait le comprendre au moment où il commencerait à sembler trop souvent absent et concentré sur autre chose.

Dans l'ensemble, le Verseau est un mari particulier, excentrique, amusant, peut-être un peu distrait mais plein d'initiatives et très ouvert d'esprit. Vu son inconstance, il n'y a pas lieu de s'étonner s'il alterne des périodes d'activité intense avec des moments de paresse totale. Avec ses enfants, le papa Verseau est surtout un ami et un compagnon de jeu.

Épouser une femme Verseau

Alors que l'homme du signe est réticent à l'idée de s'engager officiellement, la femme Verseau s'adapte mieux aux conventions. Bien qu'anticonformiste, elle souhaite pouvoir compter sur quelqu'un qui partage avec elle les tâches ménagères, la tenue des comptes, l'éducation des enfants... Au pire, si la personne n'est pas la bonne, elle s'en séparera au moment opportun ! D'ailleurs, si elle est amoureuse, elle a hâte de pouvoir habiter avec son compagnon. C'est une femme qui aime les voyages, la lecture, la culture... Son mari doit pouvoir partager tout ça avec elle tout en respectant son espace vital ; elle en fera autant. De son côté, c'est une épouse dynamique et stimulante, jamais ennuyeuse et souvent avant-gardiste. Ce n'est pas la femme idéale pour ceux qui souhaitent mener une vie relaxante et tranquille car, pour suivre son rythme, il faut savoir retrousser ses manches ! Si son mari gagne son estime, la femme Verseau se mettra en quatre pour lui. Les tâches ménagères ne sont pas une satisfaction pour elle, surtout si elle ne se sent pas valorisée dans son rôle de femme au foyer : elle fait le strict minimum et considère que l'homme doit l'aider lui aussi. Les machos ne sont pas faits pour elle. Avec ses enfants, c'est une bonne éducatrice, pas trop possessive. Elle est franche, n'aime pas les formalismes, sait être leur amie et les encourager à être indépendants.

L'AMITIÉ

Le natif du signe aime les rencontres et dialoguer avec tout le monde ; d'ailleurs, **le Verseau correspond justement à la Maison de l'amitié**. Il a le sens de la solidarité et déteste les injustices : il peut donc lui arriver de prendre la défense de quelqu'un qu'il ne connaît même pas. Il sait se montrer réellement magnanime avec son prochain et les autres apprécient son tact. En effet, bien que rationnel et détaché, le Verseau est étrangement **capable de s'investir à fond**. Il croit dans la fraternité entre les hommes et dans la communauté pour le bien commun, au point que l'amitié revêt pour lui une signification souvent plus spirituelle que réelle. Pour ce qui est des amitiés plus intimes, cependant, il est **sélectif** : au fond de lui, il est à la recherche constante d'affinités électives. C'est un ami vraiment précieux **avec qui on peut parler de tout**, partager des expériences, explorer le monde, rire et plaisanter, être acceptés avec ses qualités et ses défauts. Fréquenter un Verseau permet au peu d'élus d'élargir leurs propres horizons. S'il semble présomptueux, ce n'est pas pour se pavaner mais pour essayer d'apporter l'aide qu'il se sent capable d'offrir. Toutefois, il n'aime pas s'immiscer dans les drames personnels, car il est peu ancré dans la réalité et a donc du mal à ressentir la douleur des autres ; il est plus doué pour résoudre des problèmes pratiques ou pour proposer de nouvelles activités intéressantes. De plus, **c'est un ami fidèle**, plus qu'il ne l'est en amour, vu qu'il ne craint pas de trop s'engager. Certains Verseau sont plus ou moins portés à nouer des relations par opportunisme plutôt que par réel intérêt : cela arrive lorsque les émotions sont entièrement refoulées au profit de la pure rationalité. D'un autre côté, d'autres natifs du signe ont tendance à trop faire confiance à ceux qu'ils croient être des amis mais qui se révèlent être des profiteurs. En général, ils apprennent à être plus prudents et méfiants avec l'âge.

L'AMOUR ET LA SEXUALITÉ

Comme en tout, le Verseau a tendance à idéaliser le partenaire en amour. C'est la raison pour laquelle il voit parfois plus de défauts que de qualités chez les personnes réelles. À part cela, il tombe évidemment amoureux mais, pour ce faire, il doit avant tout être impliqué au niveau mental. La passion arrive en second lieu par rapport à la complicité intellectuelle et à l'affinité spirituelle. Si ses amis sont un point de référence, son partenaire peut l'être tout autant, à condition qu'il soit un ami avant tout ! Le natif du signe revendique en effet son espace vital même lorsqu'il est en couple. À cette condition, il peut être un partenaire passionnant et attentif ; pas toujours évidemment puisqu'il a ses sautes d'humeur qui le rendent imprévisible. C'est le partenaire

idéal pour ceux qui détestent la routine. Avec lui, on ne sait jamais comment va se dérouler la journée et il vaut mieux ne pas avoir trop d'attentes et encore moins être pressés. Il peut aussi bien se montrer passionné et entreprenant que froid et léthargique. En général, il donne le meilleur de lui-même lorsqu'il se sent tranquille et serein ou, au contraire, lorsque rien n'est sûr.

Le Verseau est une personne aux idées larges et sans préjugés, ce qui est valable pour les préférences sexuelles également. Cependant, il reste un cérébral et il arrive souvent qu'à un tête-à-tête romantique et fougueux, il préfère passer une soirée à discuter de sujets importants. Si sa tendance à dominer ses sens et ses émotions devient excessive, cela pourrait rendre le couple malheureux. Malgré son inclination à vivre les relations de façon rationnelle, le Verseau peut lui aussi faire des expériences amoureuses exaltantes lorsqu'il aperçoit chez son compagnon l'image de son idéal. Il se crée alors une **atmosphère fantastique dans laquelle se mêlent imagination et réalité**. Mais s'il est déçu ou éternellement insatisfait, c'est parce qu'il a tendance à placer de grands espoirs dans la relation et à se poser un peu en victime.

Le natif du signe est attiré par les personnalités anticonformistes ou ouvertes d'esprit, indépendantes comme lui, très intelligentes et sensibles. **Dans un couple**, tout comme en amitié, **il recherche surtout la complicité et la compréhension**. Le romantisme et l'attirance physique sont d'une importance secondaire. Bien sûr, le Verseau n'est pas un ascète, loin de là, mais **il sait dominer ses pulsions** si les conditions dont il a besoin ne sont pas réunies. Il est essentiel qu'il se sente apprécié et soutenu. Si la relation est satisfaisante, il sera tendre et généreux. Bien qu'il exprimera rarement ses sentiments, **on peut compter sur lui** car, s'il aime véritablement, il est capable d'aller jusqu'à sacrifier sa vie pour son partenaire-ami.

• • • • • • • • • • • • • •

Grâce à son magnétisme naturel, le Verseau n'a pas trop de mal à séduire la personne qui l'intéresse. Mais réussir à rentrer dans ses grâces est une autre paire de manches. Vu sa **tendance à fuir les sentiments**, il se peut que lorsqu'il est intéressé par quelqu'un, il maintienne un certain détachement. Sa profonde humanité, en effet, réside dans son esprit et, sauf dans le cas d'une grande maturité, il a du mal à concilier son intellect avec ses instincts et ses émotions. Il arrive même qu'il suive l'impulsion du moment et qu'il tombe amoureux mais que son intérêt s'essouffle vite au profit de son **besoin de nouveauté**. D'ailleurs, il ne s'occupe pas trop des sentiments des autres et ne réalise pas combien ses comportements peuvent blesser les gens qui l'aiment. Homme ou femme, le Verseau est capable de prendre du recul par rapport à la situation et devenir terriblement froid, surtout lorsqu'il se trouve face à quelqu'un qui se tourmente pour lui. Il minimise et dédramatise les situations. Au lit, le Verseau peut être **plus ou moins passionné en fonction de la complicité intellectuelle et de la curiosité que son partenaire réussit à susciter en lui**. S'il trouve quelqu'un qui réussit à deviner ses désirs secrets, il sera son amant idéal. En général, il est attentif au plaisir de son partenaire, n'a pas beaucoup de tabous et est ouvert à toute nouveauté, sauf s'il a eu une éducation très sévère : dans ce cas, son approche du sexe sera très houleuse.

Les parties du corps les plus sensibles aux caresses et aux massages sont les **jambes**, les **chevilles** et les **pieds**.

Le Verseau déteste la jalousie mais n'en est pas toujours à l'abri ; dans certains cas, il peut même s'improviser détective privé, mais chut... !
Si on le trompe, après avoir dépassé le stade de la victimisation, il aura sans doute besoin de rester seul à réfléchir afin de retrouver confiance en lui. Si c'est lui qui a cédé à la tentation, il se peut qu'il fasse semblant de rien, mais il est beaucoup plus probable qu'il décide d'être franc et de quitter son partenaire. Vu son **excentricité** et son **inconstance**, le Verseau peut aussi disparaître d'un moment à l'autre sans donner aucune explication. Pour ne pas le faire fuir, il faut se montrer autonome et le provoquer de temps en temps (sans pour autant instaurer de rivalité) afin qu'il ne se sente pas trop sûr de lui. De plus, **il faut alimenter l'intérêt en cultivant le dialogue et de nombreux intérêts communs** tout en respectant ses moments de solitude et sa liberté en général.

ESSAYEZ DE RENTRER PLUS SOUVENT EN CONTACT AVEC VOS ÉMOTIONS LES PLUS PROFONDES : TOUTES VOS RELATIONS S'EN TROUVERONT RENFORCÉES.

L'HOMME VERSEAU EN AMOUR

Avec son air simple et franc et son esprit anticonformiste, souvent rebelle, l'homme du signe est **très attirant**.
Surtout dans son jeune âge, il a tendance à ne pas vouloir s'engager et à passer d'un partenaire à l'autre afin de ne perdre aucune occasion. **Il adore faire la cour**, étape si enthousiasmante et riche de nouveautés. Au début d'une relation, en effet, il est tendre et affectueux et **sait transporter sa bien-aimée dans un monde fantastique** ; puis, petit à petit, il commence de nouveau à ressentir son **besoin d'indépendance**. Pour le garder, il faut se montrer la moins possessive possible et se comporter en amie, en l'entraînant par exemple dans des conversations profondes et intéressantes.
Il est rarement attiré par les femmes routinières et attachées aux conventions, car il se sentirait pris au piège. En général, **il tombe amoureux de personnes qui sortent du lot**, souvent des femmes qui ont les mêmes idéaux que lui. Vu que l'amitié, même en amour, est d'une importance capi-

tale, il se peut que sa proie soit quelqu'un avec qui il a déjà instauré une certaine complicité. Dans tous les cas, elle devra être **une femme brillante et éclectique**, un peu caméléon. **Il ne faut pas s'attendre à trop de démonstrations de sa part et encore moins le presser** (avant d'arriver au moment décisif, il vaut mieux passer des soirées entières à discuter !). Il se peut qu'il soit très attaché à ses amis et qu'il soit donc pratiquement impossible de passer des moments romantiques et intimes avec lui. Cela pourrait dépendre du fait qu'au milieu de la foule, il n'est pas obligé d'affronter ses émotions et se sent donc libre et léger. Dans ce cas, sa compagne devra s'habituer à le partager avec le groupe et à passer de nombreuses soirées en compagnie et peu de moments en tête-à-tête. De plus, vu son besoin de se réaliser, il se peut qu'il donne plus d'importance à sa profession qu'à sa vie amoureuse. Au contraire, les hommes Verseau les plus équilibrés savent profiter des plaisirs de la vie de couple. Ils sont pour l'égalité et traitent leur partenaire d'égal à égal.

Bien que l'homme du signe soit **plus cérébral que passionné**, s'il trouve la bonne personne qui soit sa complice et sache stimuler sa sensualité, il peut être intense et donner libre cours à sa créativité. Au lit, il aime beaucoup regarder sa femme ; il est fasciné par ceux qui savent se laisser transporter avec ardeur, chose qui lui est difficile.

Pour être fidèle, le Verseau a non seulement **besoin de se sentir libre** mais aussi apprécié. Pour ne pas le faire fuir, il vaut mieux ne pas exiger trop d'attentions de sa part quand il est perdu dans son monde et ne pas chercher à lui faire changer d'opinions (généralement bien ancrées).

LA FEMME VERSEAU EN AMOUR

Émancipée, dynamique et intelligente, la femme du signe **doit être attirée intellectuellement** pour pouvoir tomber amoureuse. Attirer son attention n'est donc pas simple, surtout qu'elle est parfois si perdue dans son monde fantastique qu'elle semble inaccessible. L'homme fait pour elle doit être décidé et sûr de lui, intelligent, assez hors du commun, compréhensif... et avoir si possible un certain style. Elle est souvent attirée par des hommes de belle prestance. **Être avec une femme Verseau n'est pas donné à tout le monde !** Beaucoup d'hommes la craignent car ils savent qu'avec elle, il ne suffit pas d'être présents mais qu'il faut aussi faire preuve d'une grande participation, de fidélité aux valeurs, de patience et d'efforts pour rendre la vie de couple intéressante. **Elle a besoin de se sentir aimée et protégée** mais n'aime pas rester les bras croisés. Pour la séduire, il faut s'impliquer au niveau du mental et de l'honnêteté. D'autre part, si la relation est sur un pied d'égalité et se révèle stimulante pour les deux partenaires,

elle sera une compagne vraiment aimable. Autrement, elle est capable de s'en aller ou de rester toute seule. Sauf indications contraires dans son thème natal, elle n'est ni possessive ni trop fougueuse – certains soirs, elle préfèrerait un bon film ou un livre à un tête-à-tête érotique –, à moins qu'elle ne trouve celui qui sache lui faire découvrir le plaisir de concilier instinct et rationalité et qu'elle ne réussisse peut-être à réaliser ses fantasmes. Sa nature cérébrale, plus que physique, lui permet de **se détacher de ses pulsions et de ses émotions** et elle peut donc sembler froide. Mais elle est aussi capable de vivre de grandes émotions : le tout est d'apprendre à les accepter ! Si elle trouve l'homme idéal avec qui discuter de tout et de rien et avec qui partager ses expériences, elle peut l'aimer avec dévouement pendant toute sa vie. **L'important est qu'elle ne perde pas son espace vital** : elle doit se sentir réalisée non seulement sur le plan affectif mais aussi sur le plan professionnel ou en cultivant ses propres passions. De plus, il vaut mieux ne pas la contredire trop souvent et la laisser prendre ses décisions toute seule, en se limitant tout au plus à lui donner un conseil. Elle peut être **tendre** et **affectueuse** mais seulement quand elle l'a décidé ! Il ne faut surtout pas la forcer. Son défaut : elle a parfois tendance à amplifier les problèmes.

Sa joie de vivre, sa soif de connaissance, sa façon de penser avec son temps et sa vivacité d'esprit la font rester jeune au fond d'elle, même à un âge avancé.

LES AFFINITÉS AVEC LES AUTRES SIGNES

Vous vous êtes sûrement déjà demandé pourquoi, avec certaines personnes, vous percevez une certaine entente ou une sympathie particulière dès la première rencontre alors qu'avec d'autres, vous ne parvenez tout simplement pas à être sur la même longueur d'onde. Cela pourrait bien dépendre des affinités entre les différents signes zodiacaux.

Il n'y a pas de hasard et, dans une rencontre entre deux personnes, **l'harmonie et l'entente peuvent aussi être influencées par les corps célestes**. D'autant plus que, surtout en amour, ce n'est certainement pas la raison qui prime !

Le Verseau instaure une relation de complicité stimulante et amusante **avec les deux autres signes d'air**, la Balance et les Gémeaux. Il peut trouver l'affinité élective qu'il recherche chez son homologue masculin. **Avec les signes de feu**, une forte attraction s'exerce – avec le Lion, son opposé, il peut y avoir une grande complémentarité ou de la répulsion – ainsi qu'un échange intellectuel (notamment avec le Sagittaire qui nourrit aussi de grands idéaux), mais des incompréhensions peuvent naître à cause de l'ardeur de ces tempéraments fougueux. **Avec les signes de terre**, excepté le Capricorne, il y a peu de points communs mais un équilibre utile. **Avec les signes d'eau**, naissent curiosité et intérêt, mais il faut s'appliquer des deux côtés pour éviter le conflit.

Bien sûr, le signe du zodiaque n'est qu'une des composantes du tableau astral qui influence nos rapports. Toutefois, il contribue à déterminer les affinités que nous avons avec certaines personnes plutôt qu'avec d'autres. Connaître ces influences naturelles sur la compatibilité peut être utile pour mieux comprendre les bases de notre vie relationnelle. Cela peut aussi se révéler être une bonne occasion de prêter plus d'attention aux exigences de notre compagnon et de choisir la meilleure direction à prendre pour améliorer l'entente.

POUR ÊTRE SPIRITUELLEMENT ÉLEVÉS ET INTÉGRÉS, VOUS DEVEZ D'ABORD ACCEPTER ET CONCILIER LES CONTRADICTIONS QUI SONT EN VOUS.

Verseau – Bélier

L'union entre les deux signes est parfaite. L'**attraction physique** et la **complicité intellectuelle** sont présentes. Curieux et désireux de faire de nouvelles expériences, **une solide amitié s'instaure rapidement entre eux**. Ils savent se comprendre et s'intéresser mutuellement, plaisantent sur leurs différences respectives et savent contrôler leur désir de dominer dans le couple : **chacun a son propre espace vital et respecte celui de l'autre**. Ils sont tous deux francs et honnêtes et sortent du lot. Le Bélier aime la créativité et le sens de l'indépendance de son partenaire et le soutient par son attitude constructive ; quant au Verseau, il aide son partenaire à être moins impulsif et à mieux diriger ses énergies. **Non pas que les prises de bec soient absentes, mais ils savent trouver un point de rencontre.** Les difficultés peuvent naître de l'imprévisibilité du Verseau que son partenaire ne sait parfois pas comment prendre, mais aussi de l'égocentrisme typique du Bélier, qui se heurte parfois à la vision plus ample – qui glisse parfois sur le moralisme – de son partenaire. Au lit, ils ont des approches opposées mais, si le Bélier réussit à entraîner son compagnon grâce à son caractère passionné, il y aura **beaucoup à partager**. **L'amitié** entre les deux signes est solide et repose sur l'estime, l'honnêteté et l'échange intellectuel. **Au travail**, s'ils collaborent pour une juste cause, ils sont pour le moins invincibles.

Verseau – Taureau

Les caractéristiques de ces deux signes sont presque opposées. Le Verseau est un rêveur, souvent distrait et inconstant, occupé à mille activités qu'il ne porte jamais à terme. Le Taureau, quant à lui, est plus stable, casanier et traditionaliste. Il préfère se concentrer sur peu d'occupations et les terminer ; il est possessif, jaloux et n'est pas toujours prêt à laisser à son partenaire la liberté dont il a besoin. Malgré leurs nombreuses différences, s'ils essaient de concilier leurs visions de la vie, il se peut que la relation dure. D'ailleurs, **les conditions pour la maturité d'esprit des deux signes sont présentes**, car la complicité intellectuelle est là. Le Verseau pourra apprendre à apprécier la sécurité affective et matérielle et à être plus constructif tandis que le Taureau aura l'occasion d'élargir ses propres horizons. Au lit, **l'attraction est forte**, mais une aptitude à comprendre les inclinations respectives est nécessaire, car le Taureau est plus physique et le Verseau plus cérébral. **En amitié**, ils ont beaucoup à apprendre l'un de l'autre mais doivent accepter leurs défauts réciproques. **Au travail**, ils sont tous deux déterminés : le Taureau, plus réaliste, aide le Verseau à donner forme à ses idées créatives.

Verseau – Gémeaux

La compatibilité entre ces deux signes est parfaite ! **Du point de vue intellectuel, ils se comprennent et se stimulent mutuellement, car ils sont très semblables.** Tous deux dominés par l'élément air, ils sont communicatifs, idéalistes, intéressés par les nouvelles expériences, les échanges d'idées et pleins d'imagination. Les défauts les rapprochent aussi : ils sont tous deux inconstants dans leurs activités et n'aiment pas assumer trop de responsabilités. Le Gémeaux est attiré par l'anticonformisme du Verseau. Ils sont avant tout très amis, mais les sentiments profonds n'ont guère de place. Tous deux esprits libres, ils se laissent beaucoup d'indépendance au risque d'être trop autonomes et de ne pas s'impliquer suffisamment à deux. Hormis le fait qu'ils s'amusent ensemble, pour que la relation dure, **il faut qu'ils expriment un peu plus leurs sentiments et qu'ils se concentrent sur les attentes de l'autre**. Ils ont tous deux une vision cérébrale de l'érotisme et, comme ils savent mettre de côté leurs pulsions, ils peuvent passer des moments très excitants même en dehors du lit! **En amitié**, ils sont aventuriers, ironiques, sociables et brillants. **Au travail**, ils sont déterminés et se stimulent mutuellement avec de nouvelles idées et des suggestions originales.

Verseau – Cancer

Malgré la **forte attraction** et la **profondeur** que les deux signes sont capables d'atteindre, l'entente n'est pas toujours au beau fixe. Le Cancer est trop émotif pour le Verseau qui peut être très froid, surtout lorsqu'il se sent étouffer. Cela déstabilise son fragile partenaire qui devient malheureux et, donc, encore plus étouffant, instable et agressif. Le Verseau aime partager ses idées et ses sentiments avec ses amis et ses connaissances, tandis que le Cancer a une vision plus intériorisée de la vie. Malgré leurs profondes différences, la vie de couple peut atteindre un certain équilibre, mais elle ne sera sans doute pas paisible et plate ! **Afin de se compléter mutuellement, ils devraient tous les deux essayer de prêter attention aux attentes de leur partenaire en dialoguant et en partageant leurs émotions.** Alors seulement, le Cancer pourra oublier son anxiété et laisser plus de liberté à son compagnon, tandis que le Verseau apprendra à apprécier la chaleur intime qu'offre la stabilité. Que l'un d'entre eux s'annule, en se soumettant, n'est pas une bonne solution. Au lit, le Cancer est romantique et le Verseau surtout rationnel, mais ils sont tous deux pleins d'imagination : le tout est de l'exprimer. **En amitié**, ayant moins de préoccupations, ils sont favoris car ils se complètent mutuellement. **Au travail**, le Verseau peut apprendre au Cancer à être plus déterminé tandis que ce dernier concrétisera les idées du Verseau.

Verseau – Lion

Ces deux signes, **diamétralement opposés dans le zodiaque**, ont des caractères complémentaires. Ensemble, ils peuvent donc atteindre la parfaite harmonie – auquel cas il s'agira d'une relation très intéressante –, tout comme se révéler incompatibles. Le Lion est passionné et ambitieux tandis que le Verseau fuit, autant que possible, les relations trop sérieuses et a une façon plus vaste d'envisager l'autoréalisation, qui ne passe pas par le prestige social mais se concentre plutôt sur la poursuite de ses idéaux. Le Lion est grandement attiré par l'originalité de son compagnon mais, bien qu'étant lui-même indépendant, il est plutôt possessif et ne comprend pas entièrement le besoin de liberté de son partenaire. De plus, il a du mal à supporter l'humeur changeante du Verseau. De son côté, ce dernier admire la sociabilité, la diplomatie et la détermination de son partenaire, mais il est plus spirituel et peut se sentir incompris. Au lit, il est fréquent qu'**ils devinent immédiatement leurs exigences réciproques** et, bien que l'un d'eux soit passionné et l'autre cérébral, ils peuvent s'offrir de grandes émotions. **En amitié**, ils s'apprécient et ont beaucoup à apprendre l'un de l'autre, mais la patience doit exister des deux côtés. **Du point de vue professionnel**, s'ils travaillent sur les mêmes idées sans s'imposer, ils savent aller droit au but.

Verseau – Vierge

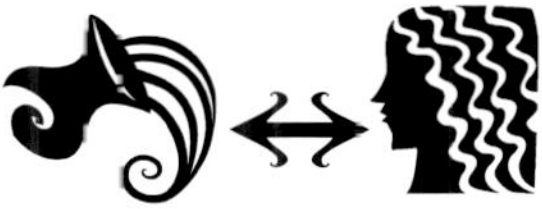

Au début, il se crée une forte attraction entre les deux signes. Comme ils sont **tous deux vifs d'esprit**, la relation repose sur l'échange intellectuel et sur leur goût commun pour la connaissance. Puis, les différences commencent à faire surface. Bien que tournés **tous deux vers le développement personnel**, ils ont des exigences et des modes de vie différents. La Vierge est bien trop pragmatique pour le Verseau plein d'imagination et se montre parfois trop critique et peu portée au changement. Le Verseau apparaît souvent comme inconstant, peu réaliste et quelque peu immature aux yeux de la Vierge. Si le dialogue reste vivant et stimulant, la relation pourra durer mais, **pour approfondir la complicité, il fau-**

dra aussi trouver un point de rencontre émotionnel. Physiquement, les deux partenaires sont plutôt éloignés puisqu'ils ont tous deux du mal à se laisser aller à leurs émotions. L'entente est possible seulement s'il y a une volonté mutuelle de s'accorder. **En amitié**, l'harmonie est parfaite et repose sur l'échange et le dialogue. **Au travail**, il faut de la patience pour collaborer : chacun doit utiliser au mieux ses propres qualités sans juger l'autre.

Verseau – Balance

L'**entente est presque parfaite** entre ces deux signes d'air ! Ils aiment les échanges intellectuels, partagent le goût pour la culture, l'art et la beauté en général, sont idéalistes et plus rêveurs que pragmatiques. Ils sont tous deux plutôt inconstants, portés par le changement et ennuyés par la routine. **Ensemble, ils partagent le plaisir de la découverte et atteignent une harmonie enviable.** La Balance séduit son compagnon par ses manières délicates et raffinées tandis que le Verseau est apprécié pour son originalité et sa diplomatie. Le défaut de leur relation est qu'ils sont tous deux indépendants et rationnels et pourraient donc en rester au stade de l'amitié sans arriver à une véritable relation amoureuse. Étant tous deux sociables, il se peut que les moments passés en compagnie d'amis soient plus nombreux que les moments d'intimité. De plus, la Balance pourrait avoir du mal à comprendre les sautes d'humeur de son partenaire qui n'aime pas qu'on place trop d'espoir en lui. Cependant, **les incompréhensions peuvent être aisément résolues**. Au lit, ils sont semblables et savent exprimer douceur et romantisme. **En amitié**, ils partagent des goûts et des idées, et ils peuvent apprendre beaucoup l'un de l'autre. **Au travail**, ils forment une union pleine de talent et de diplomatie ; s'ils réussissent à mettre leurs idées en pratique, ils peuvent réaliser de grandes entreprises.

Verseau – Scorpion

La rencontre entre ces deux signes est explosive ! **Ils ont tous deux des personnalités compliquées et s'intriguent mutuellement.** Leur relation ne sera sûrement pas plate et tranquille mais si stimulante et hors du commun qu'elle en suscitera la curiosité des autres. **Cela pourrait être une excellente occasion pour l'épanouissement des deux signes.** Ils sont tous deux forts, aiment le risque et les défis, mais le Scorpion est instinctif tandis que le Verseau est cérébral. Cependant, ce dernier admire ceux qui savent vivre leurs émotions intensément comme le Scorpion. Bien s'entendre est une autre paire de manches, mais le Verseau peut aussi se montrer accommodant (pas éternellement) ! Le Scorpion doit modérer son désir de commander et sa possessivité s'il ne veut pas que son compagnon se rebelle. Quant au Verseau, il doit apprendre à exprimer plus ses émotions. Avoir les mêmes idées n'est pas nécessaire, il suffit d'accepter les différences. L'**attirance physique** est forte et ils pourraient tous deux découvrir des zones cachées d'eux-mêmes ; le caractère passionné du Scorpion est ce qu'il faut pour secouer le Verseau. **En amitié**, ce sont deux guerriers qui échangent leurs points de vue de manière intense, mais qui détestent être contredits. S'ils collaborent dans le **domaine professionnel**, avec sincérité et sans chercher à s'imposer, le succès est garanti.

Verseau – Sagittaire

Voilà un couple pas mal du tout ! Le Sagittaire est **l'un des meilleurs partenaires pour le Verseau**. Ils nourrissent tous deux de grands idéaux humanitaires, ont de l'imagination à revendre, aiment les voyages, la culture, la musique, la nature, les grands espaces, l'art, la nouveauté… Ils sentent qu'ils ont quelque chose à apprendre aux autres, ont besoin de liberté, sont sociables mais apprécient également la solitude. Bref, **les points communs sont vraiment nombreux** ! Le Sagittaire est l'une des rares personnes à pouvoir comprendre le Verseau en profondeur. Ils discutent de tout, s'offrent un soutien mutuel et de fortes émotions. Malheureusement, leur indépendance commune peut les amener à s'éloigner l'un de l'autre : **afin que la relation dure, il faut maintenir des centres d'intérêt communs**. Au lit, l'entente est merveilleuse, pleine de sensualité et de passion. **En amitié**, ils s'admirent et sont sur la même longueur d'onde. **Au travail**, ils sont tous deux créatifs, savent s'offrir leur soutien et se compléter, mais manquent un peu de réalisme.

Verseau – Capricorne

Bien que très différents, les deux signes sont en **parfaite harmonie. Ils se comprennent tout de suite**, sont honnêtes et sincères et ont tous deux la capacité de laisser de côté leurs propres exigences pour le bien commun ; c'est ce qui permet de dépasser les divergences et tous les obstacles. Le Capricorne est attiré par l'anticonformisme et la créativité du Verseau qui, à son tour, apprécie le Capricorne pour son esprit subtil, sa culture et l'application dont il est capable. Les différences sont dues au fait que le Capricorne est plus sérieux, ambitieux et réaliste que le Verseau qui lui, est plus enclin à s'amuser, moins pragmatique et peu constant. **Il faut de la patience et de la bonne volonté pour accepter les défauts réciproques et les améliorer.** L'entente sexuelle est bonne : la passion, la complicité intellectuelle et l'imagination sont présentes. **En amitié**, ils sont créatifs et dynamiques et peuvent partager leurs intérêts respectifs. **Au travail**, le Capricorne aide le Verseau à concrétiser ses idées et, en restant à ses côtés, y gagne en terme d'ouverture d'esprit.

Verseau – Verseau

Entre les deux partenaires du même signe, l'affinité est grande. Le coup de foudre peut les frapper. Ils se comprennent et savent se stimuler sur le plan intellectuel mais ont du mal à vivre les émotions. S'ils s'appliquent tous les deux à améliorer leurs défauts, la relation aura de grandes chances d'évoluer. Bien que conservant leur indépendance, ils doivent apprendre à partager plus de choses, au risque de se perdre. Leur parfaite complicité intellectuelle les aide à surmonter les difficultés : les deux Verseau sont des amis, des complices, des compagnons de voyage et de découverte. Le problème : il n'y a rien de tangible. Ils devraient donc essayer d'assumer leurs responsabilités à tour de rôle. L'attirance physique est très forte et l'entente magnifique : ils savent déjà ce qui plaît à l'autre. En amitié, ils peuvent collaborer pour une cause commune, sont tous deux actifs, originaux et ironiques ; ils ne partageront peut-être pas beaucoup d'émotions mais s'amuseront. Au travail, ils sont novateurs, combatifs, très respectueux ; il manque seulement le concret.

Verseau – Poissons

La relation entre les deux signes est un mystère. Le Verseau est rationnel, le Poissons émotif. **Ils peuvent apprendre beaucoup l'un de l'autre** mais tout dépend de leur capacité à s'accorder. Le Poissons recherche de la sécurité qu'il est difficile de trouver chez le Verseau indépendant. Cependant, le Poissons fait preuve d'une grande patience et essaie de comprendre son partenaire, mais il pourrait dépendre de lui sur le plan sentimental et une relation aussi déséquilibrée finirait par se détériorer. Si le Verseau s'applique aussi, la relation sera intense et pourra enrichir les deux signes. **Tous deux sont intelligents et pleins d'imagination** ; le Poissons séduit son compagnon par sa douceur tandis que le Verseau est apprécié pour son génie et sa détermination, qui manque souvent au Poissons. Au lit, il existe une **forte attirance** ; ils ont des façons différentes de vivre l'érotisme qu'ils pourront marier avec le temps. **En amitié**, l'entente peut être excellente et se baser sur la sincérité et sur leurs intérêts communs. **Au travail**, ils se respectent mais sont tous deux un peu trop théoriques.

LES SIGNES ASCENDANTS DU *verseau*

« La vie sans lib
un corps san

« La vie sans liberté est comme un corps sans âme. »

KHALJL GJBRAN

L'ascendant est le **signe que l'on voit se lever à l'horizon**, à l'est, au moment et à l'endroit d'une naissance.

Il révèle essentiellement les outils qu'une personne a à sa disposition pour exprimer pleinement les qualités de son signe d'appartenance. Point de départ des possibilités de développement individuel, il définit les caractéristiques les plus évidentes du comportement, les réactions instinctives les plus naturelles, et influe également sur l'apparence physique. C'est pourquoi il peut fournir des informations intéressantes par rapport à la santé, identifiant les organes ou les parties du corps les plus susceptibles d'être affectés. Alors que le signe solaire de naissance correspond au moi le plus profond,

à l'essence d'une personne, l'ascendant représente **la réponse de l'individu à son environnement**, c'est-à-dire les défenses qu'il met en place et les façons dont il fait face et réagit aux situations qui se présentent à lui. Un individu aura donc un caractère lié à son signe solaire et des comportements liés à son ascendant. Pour simplifier, on peut considérer que l'ascendant est **l'image que chaque être humain donne aux autres de lui-même**, ce que l'on appelle la « première impression ». Il est comme le masque avec lequel chacun se présente au monde, mais aussi l'idée que chacun a de lui-même. Il peut en effet arriver qu'un individu se reconnaisse plus dans les caractéristiques de son ascendant que dans celles de son signe solaire. L'ascendant est **l'un des éléments les plus importants** dans l'interprétation d'une « carte du ciel de naissance », plus connue sous le nom de « thème astral », c'est-à-dire la carte qui **permet de découvrir l'influence qu'exercent les planètes**

sur une personne. Il coïncide avec la première des 12 Maisons qui constituent le cercle zodiacal (c'est la constellation qui se levait à ce moment-là). Le résultat montre comment les planètes étaient disposées au moment de la naissance par rapport au lieu de celle-ci. Ce schéma permet de connaître les faces cachées, les potentialités que chacun de nous possède. L'ascendant peut aussi bien renforcer que reléguer au second plan les caractéristiques du signe de naissance, selon qu'ils présentent des points communs ou des différences. C'est pourquoi **le signe de l'ascendant doit toujours être mis en relation avec celui du Soleil**. C'est de l'union de ces deux facteurs qu'émerge la structure de base de l'individu, dans une combinaison dynamique de nuances et de contradictions.

L'ascendant peut parfois brouiller voire cacher les traits marquants du Soleil de naissance, surtout si ce dernier n'est pas compatible avec lui.

COMMENT CALCULER L'ASCENDANT

Pour comprendre quel est votre ascendant, un élément essentiel en vue d'établir un horoscope personnalisé, il est nécessaire de suivre une méthode incluant quelques opérations simples.
Tout d'abord, il est nécessaire de connaître votre **date**, **lieu** et **heure exacte de naissance**. Vous pouvez trouver ces données sur votre acte de naissance, que vous pouvez demander à la mairie où la naissance a été enregistrée.

• • • • • • • • • • • • • •

Voici les étapes à suivre pour effectuer ce calcul :

I. Il faut tout d'abord compenser les différences de longitude, en ajoutant ou en soustrayant un certain nombre de minutes à l'heure de naissance en fonction de la distance qui sépare la ville de naissance du méridien de Greenwich, qui traverse la France du Havre à Tarbes. Ainsi, il faudra retirer 7 minutes pour une personne née à Rennes, mais ajouter 10 minutes dans le cas de Paris, 20 pour Lyon et 30 pour Strasbourg.

Prenons l'exemple d'une personne née à Brest, le 23 janvier 1975 à 17 h 45. Dans ce cas, on retire 20 minutes à l'heure de naissance :
17 h 45 – 00 h 20 = 17 h 25.

2. La deuxième étape consiste à contrôler si l'heure légale était en vigueur. Vous pouvez consulter le tableau de l'heure légale, pages 103-105. Pour les naissances avant 1940, retirez une heure si l'heure légale était en vigueur le jour en question. Pour les naissances après 1940, retirez une heure dans tous les cas et deux si l'heure légale était en vigueur le jour en question.
Dans notre exemple, l'heure légale n'étant pas en vigueur le 23 janvier 1975, nous ne retirons qu'une heure de la dernière donnée obtenue :
17 h 25 – 1 h 00 = 16 h 25.

3. Il faut maintenant ajouter à l'horaire obtenu la valeur du temps sidéral associé au jour de la naissance, que vous pouvez trouver dans le tableau de l'heure sidérale, pages 106-107. En astronomie, le temps sidéral indique l'intervalle de rotation de la Terre par rapport à la position des étoiles ; il sert à déterminer la disposition exacte des objets célestes à un moment donné. Étant donné que nous effectuons un calcul en prenant en compte les heures et les minutes, on soustrait 60 du total à droite (les minutes) si celui-ci dépasse 60, en ajoutant une heure à la valeur à gauche (les heures). On garde les minutes restantes à droite

(par exemple, de 25 h 68 on obtient 26 h 08). Si les heures dépassent le total de 24, on soustrait 24 au total (de 26 h 08 on obtient 2 h 08).
En continuant avec notre exemple, le temps sidéral indiqué dans le tableau pour le 23 janvier est de 8 h 03. En l'ajoutant à l'heure de naissance, on obtient 16 h 25 + 8 h 03 = 24 h 28. Le résultat dépasse les 24 heures : on retire donc 24 au total des heures et l'on obtient 00 h 28.

4. En dernier lieu, il est nécessaire de comparer l'heure sidérale de naissance, obtenue au point 3, avec le tableau des ascendants de la page 108, en identifiant l'intervalle dans lequel elle s'insère et donc quel est le signe correspondant. Vous avez établi votre ascendant.
Dans notre l'exemple, la valeur 00 h 28 se trouve dans l'intervalle de temps correspondant au Cancer. La personne en question est donc Verseau ascendant Cancer.

	heure de naissance	__.__	–
1.	ajustement lieu de naissance	__.__	–
2.	(heure légale)	(1.00)	+
3.	heure sidérale	__.__	
	(soustraction des minutes en trop)	__.__	–
	(soustraction des heures en trop)	(24.00)	=
	heure sidérale de naissance	__.__	
4.	ascendant	________	

Tableau de l'heure légale

1916	du 14 juin à 01 h au 1er octobre à 23 h 59
1917	du 24 mars à 01 h au 7 octobre à 23 h 59
1918	du 9 mars à 01 h au 6 octobre à 23 h 59
1919	du 1er mars à 01 h au 5 octobre à 23 h 59
1920	du 14 février à 01 h au 25 octobre à 23 h 59
1921	du 14 mars à 01 h au 25 octobre à 23 h 59
1922	du 25 mars à 01 h au 7 octobre à 23 h 59
1923	du 26 mai à 01 h au 6 octobre à 23 h 59
1924	du 29 mars à 01 h au 4 octobre à 23 h 59
1925	du 4 avril à 01 h au 3 octobre à 23 h 59
1926	du 17 avril à 01 h au 2 octobre à 23 h 59
1927	du 9 avril à 01 h au 1er octobre à 23 h 59
1928	du 14 avril à 01 h au 6 octobre à 23 h 59
1929	du 20 avril à 01 h au 5 octobre à 23 h 59
1930	du 12 avril à 01 h au 4 octobre à 23 h 59
1931	du 18 avril à 01 h au 3 octobre à 23 h 59
1932	du 16 avril à 01 h au 1er octobre à 23 h 59
1933	du 25 mars à 01 h au 7 octobre à 23 h 59
1934	du 7 avril à 01 h au 6 octobre à 23 h 59
1935	du 30 mars à 01 h au 5 octobre à 23 h 59
1936	du 18 avril à 01 h au 3 octobre à 23 h 59
1937	du 3 avril à 01 h au 2 octobre à 23 h 59
1938	du 26 mars à 01 h au 1er octobre à 23 h 59

1939	du 15 avril à 01 h au 18 novembre à 23 h 59
1940[1]	du 9 mai à 01 h au 1er novembre 1942 à 23 h 59
1940[2]	du 15 juin à 01 h au 5 octobre à 23 h 59
1941[2]	du 29 mars à 01 h au 4 octobre à 23 h 59
1942[2]	du 9 mars à 01 h au 1er novembre à 23 h 59
1943	du 29 mars à 01 h au 3 octobre à 23 h 59
1944	du 3 avril à 01 h au 7 octobre à 23 h 59
1945	du 2 avril à 01 h au 15 septembre à 23 h 59
1976[3]	du 28 mars à 03 h au 26 septembre à 02 h 59
1977	du 3 avril mars à 03 h au 25 septembre à 02 h 59
1978	du 2 avril à 03 h au 1er octobre à 02 h 59
1979	du 1er avril à 03 h au 30 septembre à 02 h 59
1980	du 6 avril à 03 h au 28 septembre à 02 h 59
1981	du 29 mars à 03 h au 27 septembre à 02 h 59
1982	du 28 mars à 03 h au 26 septembre à 02 h 59
1983	du 27 mars à 03 h au 25 septembre à 02 h 59
1984	du 25 mars à 03 h au 30 septembre à 02 h 59
1985	du 31 mars à 03 h au 29 septembre à 02 h 59
1986	du 30 mars à 03 h au 28 septembre à 02 h 59
1987	du 29 mars à 03 h au 27 septembre à 02 h 59
1988	du 27 mars à 03 h au 25 septembre à 02 h 59
1989	du 26 mars à 03 h au 24 septembre à 02 h 59
1990	du 25 mars à 03 h au 30 septembre à 02 h 59
1991	du 31 mars à 03 h au 29 septembre à 02 h 59
1992	du 29 mars à 03 h au 27 septembre à 02 h 59

1993	du 28 mars à 03 h au 26 septembre à 02 h 59
1994	du 27 mars à 03 h au 25 septembre à 02 h 59
1995	du 26 mars à 03 h au 24 septembre à 02 h 59
1996	du 31 mars à 03 h au 27 octobre à 02 h 59
1997	du 30 mars à 03 h au 26 octobre à 02 h 59
1998	du 29 mars à 03 h au 25 octobre à 02 h 59
1999	du 28 mars à 03 h au 31 octobre à 02 h 59
2000	du 26 mars à 03 h au 29 octobre à 02 h 59
2001	du 25 mars à 03 h au 28 octobre à 02 h 59
2002	du 31 mars à 03 h au 27 octobre à 02 h 59
2003	du 30 mars à 03 h au 26 octobre à 02 h 59
2004	du 28 mars à 03 h au 31 octobre à 02 h 59
2005	du 27 mars à 03 h au 30 octobre à 02 h 59
2006	du 26 mars à 03 h au 29 octobre à 02 h 59
2007	du 25 mars à 03 h au 28 octobre à 02 h 59
2008	du 30 mars à 03 h au 26 octobre à 02 h 59
2009	du 29 mars à 03 h au 25 octobre à 02 h 59
2010	du 28 mars à 03 h au 31 octobre à 02 h 59
2011	du 27 mars à 03 h au 30 octobre à 02 h 59
2012	du 25 mars à 03 h au 28 octobre à 02 h 59

[1] zone occupée
[2] zone libre
[3] de 1946 à 1975 – heure d'été non adoptée

Tableau pour le calcul de l'heure sidérale

jour	janv.	févr.	mars	avr.	mai	juin
1	06.36	08.38	10.33	12.36	14.33	16.36
2	06.40	08.42	10.37	12.40	14.37	16.40
3	06.44	08.46	10.40	12.44	14.41	16.43
4	06.48	08.50	10.44	12.48	14.45	16.47
5	06.52	08.54	10.48	12.52	14.49	16.51
6	06.56	08.58	10.52	12.55	14.53	16.55
7	07.00	09.02	10.56	12.58	14.57	16.59
8	07.04	09.06	11.00	13.02	15.01	17.03
9	07.08	09.10	11.04	13.06	15.05	17.07
10	07.12	09.14	11.08	13.10	15.09	17.11
11	07.15	09.18	11.12	13.14	15.13	17.15
12	07.19	09.22	11.16	13.18	15.17	17.19
13	07.23	09.26	11.20	13.22	15.21	17.23
14	07.27	09.30	11.24	13.26	15.24	17.27
15	07.31	09.33	11.28	13.30	15.28	17.31
16	07.35	09.37	11.32	13.34	15.32	17.34
17	07.39	09.41	11.36	13.38	15.36	17.38
18	07.43	09.45	11.40	13.42	15.40	17.42
19	07.47	09.49	11.44	13.46	15.44	17.46
20	07.51	09.53	11.48	13.50	15.48	17.50
21	07.55	09.57	11.52	13.54	15.52	17.54
22	07.59	10.01	11.55	13.58	15.56	17.58
23	08.03	10.05	11.58	14.02	16.00	18.02
24	08.07	10.09	12.02	14.06	16.04	18.06
25	08.11	10.13	12.06	14.10	16.08	18.10
26	08.15	10.17	12.10	14.14	16.12	18.14
27	08.19	10.21	12.14	14.18	16.16	18.18
28	08.23	10.25	12.18	14.22	16.20	18.22
29	08.26	10.29	12.22	14.26	16.24	18.26
30	08.30		12.26	14.29	16.28	18.30
31	08.34		12.30		16.32	

jour	juill.	août	sept.	oct.	nov.	déc.
1	18.34	20.37	22.39	00.37	02.39	04.38
2	18.38	20.41	22.43	00.41	02.43	04.42
3	18.42	20.45	22.47	00.45	02.47	04.46
4	18.46	20.49	22.51	00.49	02.51	04.50
5	18.50	20.53	22.55	00.53	02.55	04.54
6	18.54	20.57	22.59	00.57	02.59	04.57
7	18.58	21.00	23.03	01.01	03.03	05.01
8	19.02	21.04	23.07	01.05	03.07	05.05
9	19.06	21.08	23.11	01.09	03.11	05.09
10	19.10	21.12	23.14	01.13	03.15	05.13
11	19.14	21.16	23.18	01.17	03.19	05.17
12	19.18	21.20	23.22	01.21	03.23	05.21
13	19.22	21.24	23.26	01.25	03.27	05.25
14	19.26	21.28	23.30	01.29	03.31	05.29
15	19.30	21.32	23.34	01.32	03.35	05.33
16	19.34	21.36	23.38	01.36	03.39	05.37
17	19.38	21.40	23.42	01.40	03.43	05.41
18	19.42	21.44	23.46	01.44	03.47	05.45
19	19.46	21.48	23.50	01.48	03.50	05.49
20	19.49	21.52	23.35	01.52	03.54	05.53
21	19.53	21.56	23.58	01.56	03.58	05.57
22	19.57	22.00	00.02	02.00	04.02	06.01
23	20.02	22.04	00.06	02.04	04.06	06.05
24	20.06	22.08	00.10	02.08	04.10	06.09
25	20.10	22.12	00.14	02.12	04.14	06.13
26	20.14	22.16	00.18	02.16	04.18	06.17
27	20.18	22.20	00.23	02.20	04.22	06.21
28	20.22	22.24	00.26	02.24	04.26	06.24
29	20.26	22.27	00.30	02.28	04.30	06.28
30	20.30	22.31	00.34	02.32	04.34	06.32
31	20.33	22.55		02.36		06.36

Tableau des ascendants

de 00 h 35 à 03 h 17	LION
de 03 h 18 à 06 h 00	VIERGE
de 06 h 01 à 08 h 43	BALANCE
de 08 h 44 à 11 h 25	SCORPION
de 11 h 26 à 13 h 53	SAGITTAIRE
de 13 h 54 à 15 h 43	CAPRICORNE
de 15 h 44 à 17 h 00	VERSEAU
de 17 h 01 à 18 h 00	POISSONS
de 18 h 01 à 18 h 59	BÉLIER
de 19 h 00 à 20 h 17	TAUREAU
de 20 h 18 à 22 h 08	GÉMEAUX
de 22 h 09 à 00 h 34	CANCER

LES COMBINAISONS SIGNE + ASCENDANT

On a tendance à considérer la position du Soleil à la naissance, c'est-à-dire le signe zodiacal, comme le seul élément permettant de mieux comprendre le caractère d'une personne. En réalité, la position de l'ascendant est tout aussi importante. L'analyse combinée du signe et de l'ascendant permet d'obtenir des informations significatives et approfondies sur les caractéristiques qui définissent une personne donnée. Voici donc les particularités qui résultent de la combinaison des 12 ascendants avec le signe du Verseau.

Verseau ascendant Bélier

Les qualités de l'ascendant accentuent certains aspects du Verseau et le rendent plus déterminé, dynamique, enthousiaste de la vie, sûr de lui, avide de nouveautés et de grandes émotions et plus rebelle et indépendant que jamais. **C'est un provocateur** qui cherche à affirmer – avec véhémence ! – ses propres idées. **Très intelligent**, il sait cueillir les bonnes opportunités au vol. Le Bélier, d'ailleurs, favorise la concrétisation des idées. Il **aime intensément mais a du mal à l'exprimer** ; il a besoin d'espace et est en même temps un peu jaloux.

Verseau ascendant Taureau ♒ + ♉

Les deux signes ont des **caractéristiques contrastées** qui pourraient bousculer la personnalité ; le natif est tiraillé entre le désir de stabilité du Taureau et le besoin d'explorer et de connaître du Verseau. Avec l'âge, cependant, **il trouvera presque sûrement l'équilibre** et appréciera davantage la sécurité et les liens durables. Autosuffisant, curieux et très logique, la détermination du Taureau l'amènera à atteindre tous ses objectifs. En amour, c'est une personne **passionnée** et **possessive**.

Verseau ascendant Gémeaux ♒ + ♊

Cet ascendant rend le natif du Verseau encore plus **extravagant** et **libre**, mais aussi davantage **inconstant** et **bloqué dans la théorie**. L'idéal, pour lui, serait d'utiliser au mieux ses idées novatrices, souvent géniales, en collaborant avec quelqu'un de plus pragmatique. C'est une personne **sympathique** et **sociable**, très **dynamique, communicative** et **optimiste**. Il aime les échanges d'opinions et saisit le nœud des questions en un clin d'œil. Certes, il est **séduisant** mais difficile à conquérir : il a peur de s'engager par crainte de perdre son indépendance.

Verseau ascendant Cancer

Le natif du signe doté de cette combinaison dans son thème a une **personnalité contradictoire**. D'un côté, **il recherche de nouvelles expériences** ; de l'autre, il est ancré dans le passé et **préfère les liens stables**. Il en résulte qu'il se limite souvent à faire des rêves et conjectures. Il est **doté d'une profonde sensibilité** qu'il exprime souvent dans le domaine artistique. Il sait comprendre les autres et apporter son soutien à ceux qui en ont besoin. En amour, il est fragile et tiraillé entre son désir de sécurité et sa peur de perdre son indépendance.

Verseau ascendant Lion

Sûr de lui, **ambitieux** et **déterminé**, le natif du Verseau doté de cet ascendant est destiné à connaître le prestige social. Exubérant et orgueilleux, il aime sortir du lot. Il souhaite se sentir admiré et félicité pour ce qu'il fait : il a un **sens de la justice développé** et poursuit l'évolution spirituelle. Le Lion est porteur de la tendance à imposer ses propres idées qui est cependant contrastée par le désir d'échange du Verseau. En amour, il est sélectif et exigeant, **il recherche la compréhension et l'estime**.

Verseau ascendant Vierge ♒ + ♍

Voilà une excellente union ! La Vierge améliore les défauts du Verseau en lui donnant un caractère plus concret. Il sait faire des projets visant à atteindre le confort matériel et recherche l'**équilibre** et la **perfection** dans chaque chose. **Il a le sens de l'organisation, un esprit subtil et tourné vers le progrès.** Il ferait un excellent entrepreneur. Il peut se trouver tiraillé entre son désir de sécurité et de liberté. En amour, il est attentif aux exigences de son partenaire mais peut avoir des difficultés à exprimer ses émotions.

Verseau ascendant Balance ♒ + ♎

Cet ascendant donne au natif du Verseau une **personnalité équilibrée**. C'est une personne sociable, diplomate, altruiste et avec un sens de la justice développé, au point de souvent employer ses talents pour défendre les plus faibles. **Il s'intéresse au développement personnel** et recherche l'harmonie. Il a de nombreux centre d'intérêt, aime l'art et la culture et défend son indépendance. Son défaut est qu'il se laisse parfois envahir par la paresse et qu'il n'agit pas : il risque ainsi de laisser s'échapper des occasions. En amour, **il recherche l'implication au niveau intellectuel** ; il sait être tendre et délicat.

Verseau ascendant Scorpion

Cette combinaison produit une **personnalité forte et tenace**. Le natif du Verseau ascendant Scorpion est intelligent, anticonformiste au plus haut point et indépendant. Il a aussi un **grand sens des responsabilités** qui l'amène parfois à se sentir insatisfait et écrasé par un poids intérieur, ce qui peut le rendre nerveux. Étant donné qu'il a **tendance à se distinguer par son charisme**, il est porté à exercer des rôles de prestige et d'autorité. Il a un esprit logique et stratégique adapté au monde scientifique. Pour ce qui est des sentiments, il est ambivalent : **passionné** et **profond** mais également inquiet et introverti.

Verseau ascendant Sagittaire ♒ + ♐

Cet ascendant rend le natif du signe encore plus **idéaliste** et **altruiste**. C'est une personne vive d'esprit, sociable, dotée d'un sens de l'humour prononcé, qui aime les voyages et les nouvelles expériences. Il a une grande intuition, recherche la connaissance et **se sent unique, différent des autres**. Dans des cas extrêmes, il peut se révéler trop matérialiste ou sans esprit de suite. C'est une personne séduisante mais peu portée à fonder une famille, car elle fuit les conventions et a tendance à considérer les liens comme étouffants.

Verseau ascendant Capricorne ♒ + ♑

Le natif du Verseau qui a cet ascendant semble **équilibré** et **sûr de lui**, mais **cache une fragilité** et un manque de confiance en lui qui le déstabilisent et le font parfois se sentir incapable de décider. Il sait être généreux avec les autres, déteste l'hypocrisie et les injustices et n'aime pas les formalités. C'est un intellectuel qui souhaite approfondir ses propres connaissances et utiliser au mieux l'esprit logique et l'intuition dont il est doté. C'est une personne **très séduisante** mais détachée et introvertie.

Verseau ascendant Verseau ♒ + ♒

Le natif 100 % Verseau est une personne hors du commun, **excentrique** et **brillante**, **sympathique** et **ouverte d'esprit**, qui ne supporte pas les règles, la routine et les critiques. Il souhaite surtout se sentir libre et faire de nombreuses expériences. Il est **attiré par le savoir** et **apprend vite** ; il aime les voyages, la lecture et l'art. Il peut avoir des idées novatrices et porter une grande attention aux autres. Il essaie d'éviter les relations affectives trop sérieuses et a tendance à être inconstant.

Verseau ascendant Poissons ♒ + ♓

Cet ascendant attribue à la personnalité du natif du Verseau une insécurité affective qu'il ne réussit pas toujours à accepter et qui l'amène parfois à s'isoler. Cependant, il est aussi davantage **porté à rechercher la conscience de soi**, ce qui peut le conduire à trouver l'équilibre et à vivre ses sentiments avec sérénité. Les Poissons développent l'**imagination** et l'**idéalisme** – il manque le côté pratique ! – mais aussi l'**attention vers les besoins de leur prochain** et le **désir de partager**. En amour, ce natif est très **émotif** et recherche la sécurité.

GLOSSAIRE DES TERMES ASTROLOGIQUES

ascendant : image qu'un individu donne de lui. L'ascendant est situé dans le signe zodiacal qui se lève à l'est au moment de la naissance, en lien direct avec la cuspide de la première Maison.

aspect : relation angulaire entre les planètes présentes dans un horoscope. Les aspects les plus importants sont la conjonction, lorsque deux planètes sont très proches ; l'opposition, quand elles se trouvent à 180 degrés de distance ; et le trigone, quand 120 degrés les séparent l'une de l'autre. Les influences positives ou négatives échangées par les planètes dépendent de l'aspect.

astrologie : étude de l'influence des astres sur le caractère et les comportements humains. Elle nous permet de mieux nous connaître et nous aide à exprimer nos qualités et à nous améliorer.

carte du ciel de naissance : *voir* carte natale.

carte natale : carte qui représente la position des planètes dans les 12 constellations des signes et qui indique leur position par rapport aux Maisons au moment et au lieu de naissance d'un individu.

conjonction : distance inférieure à 8 degrés entre deux astres. La conjonction peut être favorable ou défavorable selon la nature des planètes impliquées, qui peuvent être semblables ou différentes (*voir* aspect).

constellation : groupe d'étoiles associées par convention, parce qu'elles semblent former des figures. On en dénombre 48, identifiées à différentes époques. À ne pas confondre avec les signes du zodiaque.

cuspide : correspond au point de la carte du ciel où débute la Maison. On l'utilise aussi pour identifier les personnes nées le jour où le Soleil était en transit entre deux signes, mais en tenant compte de l'heure et du lieu de naissance, il est possible de déterminer le signe d'appartenance.

descendant : situé à 180°, dans la septième Maison, à l'opposé de l'ascendant. Le signe situé à cette position dans la carte du ciel d'une personne présentera pour celle-ci un certain attrait.

dominante : chaque signe du zodiaque en a une. C'est la planète qui l'influence majoritairement.

écliptique : parcours de la Terre autour du Soleil en un an. Sert à définir la position du Soleil et des planètes à un moment précis. Le nom dérive des éclipses qui se produisent durant le parcours.

éléments : composent le monde physique et associent deux qualités, une active et une passive. Il en existe quatre : le feu (chaud et sec), l'air (chaud et humide), l'eau (froide et humide) et la terre (froide et sèche).

éphémérides : ensemble de tables astronomiques fournissant des informations sur la disposition des corps célestes pendant une période donnée.

exaltation : zone ou signe zodiacal dans lequel un astre amplifie, en positif ou en négatif, ses caractéristiques.

horizon : plan qui délimite la partie visible de la Terre de celle invisible.

jour sidéral : tour complet de la Terre sur elle-même, qui correspond donc au temps entre deux passages d'une étoile par le même méridien. Le jour sidéral est divisé en 24 heures ; il est plus court que le jour solaire de 4 minutes.

jour solaire : intervalle de temps qui sépare deux passages du Soleil au même méridien.

luminaires : terme désignant le Soleil et la Lune. Ils doivent ce nom au fait que ce sont les astres les plus lumineux.

Maisons : il en existe douze. Le point de départ de chacune est nommé cuspide et coïncide avec l'un des douze signes. Chaque Maison correspond à un domaine de la vie humaine.

mode : classification des signes comme cardinaux, fixes ou mutables.

opposition : état de deux planètes parfaitement opposées à 180° (*voir* aspect).

signes cardinaux : Bélier, Cancer, Balance, Capricorne. Situés en début de saison, ils sont énergiques, autoritaires et pleins d'idées.

signes d'air : Gémeaux, Balance, Verseau. Ils sont rationnels et idéalistes.

signes d'eau : Cancer, Scorpion, Poissons. Ils sont sensibles et intuitifs.

signes de feu : Bélier, Lion, Sagittaire. Ils sont intuitifs et courageux.

signes de terre : Taureau, Vierge, Capricorne. Ils ont l'esprit pratique et sont conservateurs, fiables et prudents.

signes féminins : Cancer, Capricorne, Poissons, Scorpion, Taureau, Vierge. Ils sont passifs (yin) et introvertis.

signes fixes : Verseau, Lion, Scorpion, Taureau. Situés en milieu de saison, ils sont têtus, obstinés et loyaux.

signes masculins : Bélier, Lion, Sagittaire, Verseau, Balance, Gémeaux. Ils sont actifs (yang) et extravertis, combatifs et sûrs d'eux.

signes mutables : Gémeaux, Poissons, Sagittaire, Vierge. Situés en fin de saison, ils se caractérisent par leur flexibilité et leur adaptabilité.

sphère céleste : sphère imaginaire sur laquelle sont représentés tous les corps célestes autour de la Terre.

thème astral : *voir* carte natale.

transit : position et mouvement d'une planète à un moment donné.

trigone : relation de deux ou plusieurs astres disposés à 120°. C'est un aspect réputé positif dans la carte du ciel (*voir* aspect).

zodiaque : cycle comprenant les douze signes de 30° chacun, répartis le long de la ligne imaginaire que suit la rotation de la Terre autour du Soleil.